幻の天女

ご隠居は福の神 2

井川香四郎

時代小説

二見時代小説文庫

目次

幻《まぼろし》の天女——ご隠居は福の神 2

第一話　太子講《たいしこう》

一

本所深川《ほんじよふかがわ》一帯は、俗に下町と呼ばれている界隈で、江戸城とその周辺の武家屋敷や商人が生計を立てている〝上流階級〟とは違って、その日を生きるのに必死の人が多かった。

江戸市中から見れば、隅田川《すみだがわ》を渡った東側の低湿地帯を埋め立てて作られた町場だが、天保《てんぽう》の時世にあっては、百万都市の下支えをしている大勢の人々が暮らしている。

両国橋《りようごくばし》は、武蔵《むさし》国と下総《しもうさ》国を結んだことに由来するが、まさに両国の力によって、江戸の経済も成り立っていたのだ。

それでも、相変わらず江戸には火事や水害が多く、その度《たび》に庶民は犠牲になっていた。ゆえに、火事によって隅田川の西側にあった町も隅田川を越えて広がっていく結果になったのだ。

そのため、〝木場《きば》〟も深川に移ってきて、もう何代にもなる。江戸の活気を支えているのは、材木問屋や大工たちであるから、墨東《ぼくとう》はますます栄えてきたのである。

こうして、干潟《ひがた》や葦原《あしはら》だった所には、小名木川《おなぎがわ》や竪川《たてかわ》、大横川《おおよこがわ》などが掘られて、物流の根幹である川船の往来も多くなって賑わいを見せた。そのため、商家や職人たちも、どんどん移り住んできて、両国橋の他に永代橋《えいたいばし》や吾妻橋《あづまばし》などが架けられて、江戸市中と交流が盛んになった。

大名の下屋敷もどんどん増え、町はさらに東へと広がってきた。飲食街や吉原《よしわら》とは違う岡場所ができるのも必然だったといえよう。

商人や職人、人足などが増えると、地主や名主《なぬし》などを中心に、本所深川に居住する人々の間で町役人《ちょうやくにん》や町火消《まちびけし》はもとより、様々な商人や奉公人などの〝講《こう》〟という集まりができる。いわば職能団体である。

名主同士は、町それぞれの決まり事を作り、祝儀不祝儀から、災害など万が一の場合に備えて、町入用《ちょうにゅうよう》という貯蓄をした。商人同士は利害関係を損なわないように談合をし、大工や左官、鳶職《とび》などは賃金を交渉するための〝太子講《たいしこう》〟という組合を作ったりもした。

　貧民というわけではないが、日雇い人足や車夫《しゃふ》なども多いため、自分たちの暮らしのため、いわば資本家である商家の主人らと対抗することはよくあった。

　その騒動が最初に勃発《ぼっぱつ》したのは、小名木川沿いにある銀座《ぎんざ》御用屋敷であった。

「こんな日当でやってられるか、もっと出せ、このやろう」

「誰のお陰で銭ができると思ってやがんだ」

「百姓だって、四公六民《しこうろくみん》だぞ。おまえたちゃ、根こそぎ持っていくじゃねえか」

「今の倍、給金を貰っても親子四人が暮らせねえんだよ」

「おまえも働いてみやがれってんだ」

「のうのうと胡座《あぐら》をかいてんじゃねえぞ、このすっとこどっこい」

などと乱暴な声が湧き上がっている。

　銀座御用屋敷とは、幕府が小判を作る金座と並んで公営している銀貨や銭貨を鋳造するための役所である。とはいえ、公儀役人が行《おこな》っているのではなく、幕府の許可を得た御用商人による請負事業である。

　もちろん、勘定奉行の管轄のもと、町奉行所が支配し、銭貨の需要と供給の均衡を見ながら作らせており、鋳造高の一割から二割は、幕府に上納していた。金座の補塡《ほてん》業務に過ぎないが、長い歳月を通して、江戸だけではなく、幕府財政の一端を担う上で重要な所であった。

これまで何度も改鋳され、そのたびに質の低下が憂慮された。だが、天保年間に至って、御金改役《ごきんあらためやく》の後藤三右衛門《ごとうさんえもん》によって、天保通宝《つうほう》が鋳造されたことで、貨幣の信頼を取り戻すことができたのである。

もとより庶民には小判などは生涯見たこともない者も多い。天保通宝はどっしりと大きくて重く、町人の心を擽《くすぐ》るものがあった。

しかし、銀座の大吹所《おおふきしょ》での作業は、地獄のように大変である。原料の銅や錫《すず》、鉛《なまり》、白鑞《しろめ》などを坩堝《るつぼ》で鎔解されて合金を作る作業はなかなか難儀で、十四貫もの地金を粉砕して小分けするのは重労働である。

さらに、鎔土《ほど》といって、重い鋳型《いがた》を押し付けながら焼いて鋳型を作り、それに鎔銅《ようどう》を流し込む。銭貨の原型である母銭は、丁寧な仕事をする、手彫り職人の手によるものだ。それを何度か鋳写《いうつし》する工程を経て、大量の銭を作ることができる。

それで終わりではなく、研場《とぎば》に移して、丸く磨《みが》いたり、目戸切《めどぎり》という穴を空《あ》けたり、余分な汚れを取り除いたり、光沢を出したりする仕上げ作業がある。さらに検査場で合格となったものだけが、相場に応じた値で両替商に売られて日の目を見る。

相当熱い炎を扱うため、火傷《やけど》同然に体が焼けたり、鎔《と》けた金属のために肺病を患《わずら》ったり、鋭い刃物での研磨をするから怪我も絶えない。しかも、幕府の事業ゆえ、時期によっては休むこともできない過酷な職場だったのだ。

ここには五百人余りの職工らが奉公しているのだが、朝から晩まで規則に従い、一生懸命に働いている。だが、十年働いても二十年苦労しても、あまり暮らしぶりは豊かにならず、むしろ年老いて、作業がしっかりできなくなるとお払い箱となる。

怪我をしたり病気になったとしても、銀座が面倒を見てくれるわけではなく、できる仕事を自分で探さねばならない。日当が上がらなくても、せめて奉公中に負った怪我や罹《かか》った病気くらい補償して貰わないと、生きていけない。

奉公人は給金の低さだけを不満に思っているのではなく、人扱いされない待遇に文句を言っているのである。

その先導役は、まだ三十路《みそじ》に入ったばかりの若々しい風貌の男だった。諸肌《もろはだ》脱いだ体は屈強であるが、痛ましい火傷の痕があり、目は爛々《らんらん》と炎のように燦《きら》めいていた。

「俺たちが求めるものは、一つ、日当を倍に上げること。二つ、仕事中に起きた怪我は銀座が治療代を払うこと。三つ、仕事によって生じた病の薬代を払うこと。四つ、銀座内の作業場を安全に改善すること。五つ、理由なく暇を渡された者たちの再度の奉公を認めること……それだけである！」

先導役は気勢を上げた。それにつられて、三千坪もある敷地内の中庭、門内外に集まっていた奉公人たちは、大声を上げて、

「銀座の当主は、俺たちの要求に直《ただ》ちに応じろ！　さもなければ、みんなで一斉に仕事を放棄するぞ！　俺たちの暮らしを守れ！」

と激しく要求した。

その奉公人達の前に、奥の屋敷から、羽織姿の当主が現れた。

日向屋善兵衛《ひゅうがやぜんべえ》という五十絡《がら》みの初老の男だが、深い眉間の皺《しわ》や髑髏《どくろ》のような奥まった目が、人を威圧している。

その少し後ろには、いかにも真面目《まじめ》そうな番頭の八十兵衛《やそべえ》が、呆れ果てたような顔で控えていて、

「――栄五郎《えいごろう》……おまえ、いつから、そんなに偉くなったのだ」

と善兵衛は重い声をかけた。

栄五郎と呼ばれた若い先導役は、かなりの偉丈夫《いじょうふ》のせいか、善兵衛は小柄に見えた。それでも貫禄は、善兵衛の方がある。

「もう何度も、俺たちの要求は文書にて届け、俺も再三再四、改善を求めてきた。だ

が、梨《なし》の礫《つぶて》とはこのことだ。あなたから、何の答えもないどころか、文句がある奴はやめろと脅してきた。それが、銀座を預かる頭領のやることですかい」

　善兵衛は咳払いをひとつして、

「嫌なら、栄五郎。おまえも辞めなさい。仕事なら他に幾らでもあろう。おまえは、頭もいいし力持ちだ。木場でも普請場でも引く手数多《あまた》ではないのかな」

「なんだと。人が真面目に話してるのに、茶化《ちゃか》すとは、どういう了見《りょうけん》でえ」

　わずかだが栄五郎が気色《けしき》ばむと、善兵衛はわざとらしく首を竦《すく》めて、

「おやおや……やはり生まれついた性根というのは、治しようがないですかな」

「俺の何処《どこ》か悪いってんだ。親父はちゃんとした木場職人だったし、おふくろも……」

「おふくろも、立派な岡場所の女郎《じょろう》だったしな」

「…………」

「おまえを産み捨てて、姿を消してしまった。父親は誰だか分からない。どうせ流れ者の風来坊《ふうらいぼう》だったんだろうよ」

　栄五郎は悔しくて握る拳《こぶし》が震えていたが、他の者たちの手前、ぐっと奥歯を噛みしめて我慢していた。それをよいことに、善兵衛は嫌らしく口元を歪めて続けた。

「たしかに、おまえのお父っつぁんは偉いよ。ただ、女郎のおふくろに惚れていたというだけで、おまえを引き取り、自分の子として育てたんだからな。けれど、所詮は風来坊と女郎の子だ。いくら、お父っつぁんが頑張っても、長ずるにつれて〝地金《じがね》〟が表れたってやつだな」

「…………」

「それでも、お父っつぁんは必死に、おまえを立ち直らせて、あちこちに奉公させたが、どれも長続きしなかった。すぐにカッとなる持って生まれた気質が悪いのか、それを治そうとしないおまえがだらしないのか」

「黙って聞いてりゃ……」

一歩踏み出す栄五郎を、善兵衛は小馬鹿にしたように冷ややかに微笑《ほほえ》み、

「なんです。その拳を上げますか？　何処《どこ》も雇ってくれないおまえを、お父っつぁんのたっての頼みだから、こっちも我慢して奉公させてやったんだ。そんな姿を見たら、お父っつぁんは草葉の陰で泣くぞ」

と顔を突き出した。

殴れるものなら殴ってみろとでもいうような、仕草である。だが、栄五郎はぐっと堪《こら》えて、口の中で「辛抱、辛抱」と呟《つぶや》いた。そして、大きく息をしてから、

「そのことについちゃ、俺も感謝しておりやす。決して足を向けて寝られません」

と、落ち着いた声を取り戻して言った。

「でも、日向屋の旦那……ちゃんと聞いて下せえ。俺たちは無理難題を言ってるわけでも、押しつけてるわけでもねえ……何度も申し出たとおり、俺たちの働く場を良くしてもらいてえ、それだけなんでさ」

「笑わせるなよ……他の所で、ろくに使いものにならなかった奴が、待遇を良くしろだの、怪我や病の面倒を見ろだの……御門違《おかどちが》いっていうんだよ」

「みんな、人々の暮らしのために、天保通宝やビタ銭を作ることを誇りに思ってやす。だからこそ、失敗のないよう微《び》に入り細《さい》を穿《うが》ち、誠心誠意、働いているんだ。その奉公人たちの給金を上げたり、体を労《いたわ》るのは、雇っている日向屋さんの務めじゃありゃせんか」

「まったく話にならんな」

「旦那……」

「給金は御公儀が決めたこと。不服があるなら、勘定奉行にでも町奉行にでも訴え出るがよろしい。どうせ無駄だろうがね」

善兵衛はあくまでも要求ははねのけるという態度で、騒ぎに集まっている奉公人一

同を見廻しながら、

「怪我はおまえたち、ひとりひとりの不注意によるものでしょうが。怪我をする者よりも、しない者の方が圧倒的に多いことが、それを物語っているではないか……それに、流行病《はやりやまい》のせいまで、私のせいにされては、いささか迷惑ですな。風邪《かぜ》を引いても、私が悪いのですかな」

「そんなことは、言ってやせん。仕事をしている最中《さいちゅう》に起きた話をしてるんです。そうやって、言い訳ばかりするのは、よしてくれやせんか、旦那……みんな、自分の体に鞭《むち》打って、頑張ってるんですから」

切実な顔になって栄五郎は訴えたが、善兵衛はそれでも、嫌味たっぷりな顔で、

「今度は泣き落としですか。はは……何をどう言い繕《つくろ》おうと、おまえがしていることは、何も知らない者たちをけしかけ、金を奪い取ろうという魂胆《こんたん》に過ぎない」

「――そこまで、腐ってるのか、あんた……」

栄五郎はまた拳を握りしめた。だが、今度は悔しさだけではない。明らかに、次の言葉次第では殴りかかろうというほど、力が込められていた。

「腐ってるのは、おまえの方です。働きたくないから、ごねてるだけだ。皆の衆……こんなバカに踊らされて、名誉ある銀座を本当に辞めさせられていいなら、栄五郎に

従ってなさい。どうなっても知りませんよ」

　善兵衛は脅すように言ったが、奉公人たちは意外にも微動だにしなかった。それどころか、誰かが大声で、

「構うもんか。こんな奴は主人でも何でもねえ。ぶっ殺してしまえ！」

　と叫んだ。

　それにつられるように、多くの者がまた気勢を上げ、今にも善兵衛と八十兵衛を引きずり倒して、なぶり殺しにしそうな悪い雰囲気が広がった。後押しされるように、栄五郎も尻込みする善兵衛の胸ぐらをむんずと摑んだ。

　その時——。

「駄目ですよ、それは」

　と言いながら、杖《つえ》を突いている老人が、奉公人を分けて現れた。

茶人のような被《かぶ》り物に、袖無し羽織に野袴《のばかま》という楽そうないでたちながら、どこか威厳と風格がチラリと垣間《かいま》見られた。とはいえ、どこにでもいそうな老体で、歩く姿もなんとはなしに頼りなげであった。

「どこの隠居爺《じい》さんだ。関係ない奴はすっこんでろ」

　誰かがまた乱暴な声を上げたが、老人は気にする様子もなく、

「すぐそこの旗本、高山和馬《たかやまかずま》様に仕《つか》えている者でございます。吉右衛門《きちえもん》と申します」

と善兵衛に挨拶をしてから、栄五郎に向かってキチンと言った。

「殴ったり叩いたりしたら、これまでの話が水の泡になりますぞ」

「えっ……」

「日向屋のご主人は、勘定奉行にでも町奉行にでも訴え出ろとおっしゃいました。さっき、そう言いましたよね。私、聞いてました」

「だから、なんだ……」

善兵衛の方がムキになったように答えると、吉右衛門は微笑《ほほえ》みかけて、

「言いましたよね」

「それが何だと言ってるのです、ご隠居」

「うん――」

吉右衛門は頷《うなず》くと、栄五郎と奉公人たちに向き直って、

「せっかく、ご主人がこう言って下さってるのですから、いずれかのお奉行に訴え出ましょう。そうしましょう……だって、給金のことだって、日向屋さんひとりで決めることは、できないに違いない。ここはひとつ、お奉行様に掛け合ってみるのが、良い手立てと思いますよ」

と言った。

「ねえ、栄五郎さんとやら、拳では解決はしませんぞ。却《かえ》って、お奉行様からお咎《とが》めがくるでしょうな」

屈託《くったく》のない笑みで見つめる吉右衛門の前で、栄五郎は腑《ふ》に落ちたように頷いている のであった。奉公人たちも、希望の光を見出したように喜んだ。

ただ、善兵衛だけは苦々《にがにが》しく歯嚙みしていた。

二

集まっていた奉公人たちは、何らかの要求が通るまで仕事を休むことにして、一旦、解散した。その足で、栄五郎だけは、吉右衛門に誘われるまま高山家の屋敷に来た。

先刻までの荒々しい態度とは打って変わって、借りてきた猫のように大人《おとな》しかった。

だが、高山家の当主である和馬の方が、

「どうして、かようなことに首を突っ込むのだ、吉右衛門……」

と不可解そうであった。

「給金を上げろというのは、俺たち旗本が御公儀に向かって、石高や俸禄米を上げろというようなもので、いささか分《ぶん》を逸脱した要求ではないかな」

和馬は素直にそう思っていた。

「これは、したり。和馬様はいつも、困った人たちに惜しげもなく金を分け与えて、面倒を見ているではありませぬか。人助けが生き甲斐の、和馬様とは思えぬお言葉でございまするな」

「それとこれは違うであろう」

「え？　そうでございますかな？」

「俺は、可哀想《かわいそう》な目に遭って、働きたくとも働くことができない病《やまい》の者とか、病気でろくに動くこともできない憐《あわ》れな人たちに、手を差し伸《の》べているのだ」

「この栄五郎たちもそうでございますよ。五百人もの銀座の奉公人が、主人に酷使されて喘《あえ》いでいるのです」

吉右衛門は、和馬ならふたつ返事で援護すると思っていただけに、落胆した。だが、和馬は傍《かたわ》らに座っている栄五郎を見やり、

「五体満足な立派な体だし、まだまだ若そうだし、何より働く所がある。銀座の奉公人といえば、人も羨《うらや》むような身分だ。給金が少ないくらいで文句を言っていたら、罰が当たらぬか」

と言った。

それについて栄五郎は小さく頷いただけで、特に反論はしなかった。

「大体、幾ら貰っているのだ」

「へえ。日に五百文ほど」

「それは大層な稼ぎではないか。うちに出入りしている、ほら誰だっけ……角蔵《かくぞう》という大工の棟梁《とうりよう》だって、その半分くらいだ」

「さいですか……」

「町方同心が貰っている俸禄を知ってるか。三十俵二人扶持《ぶち》だ。年にして十八両がせいぜいだ。そこから、中間《ちゆうげん》や下女、岡っ引に払えば、食うのがカツカツだ。銀座は三交代と聞いておるが、単純に算盤《そろばん》を弾けば、おまえたちは年に三十両ほどは稼ぐことになる。ふつうの商家の奉公に比べれば、格段の違いではないか」

滔々《とうとう》と話す和馬に、栄五郎は小さく舌打ちをして、

「——もう、いいですよ……だから、お侍《さむらい》さんは好きじゃねえんだ」

「俺のことか」

「ご隠居さんの考えに、ついほだされて、のこのこ付いてきましたがね……よく分かりました。高山当家の殿様も、銀座の主人の味方ってことですよね。お奉行様たちは、

もっと偉いお旗本でしょうから、あっしらの話なんぞ、耳にしてくれるはずがありません」

「何もそんなことは……」

「他人の淡い期待に縋《すが》ろうとしたてめえが、恥ずかしくてしょうがありやせん。どうも、ご迷惑をおかけしました」

膝を叩いて立ち上がる栄五郎に、吉右衛門は待ちなさいと声をかけ、

「まあ、座りなさい。そういう短気が損気《そんき》なのですぞ」

と言った。

それでも立ち去ろうとする栄五郎を、懸命に止め、吉右衛門は立ち上がろうとした。その時、立ちくらみがしたのか、倒れそうになったのを、栄五郎はとっさに支えた。

「これは失敬……すみませんねえ……ああ、年は取りたくない」

吉右衛門はそう呟いたが、引き止めるためにわざとしたであろうことは、和馬には分かっていた。その様子を見て、

「――相分《あいわ》かった、栄五郎とやら。いま一度、子細《しさい》を聞きたい」

「……………」

「本当だ。まずは、おまえが何故、そこまで奉公人のために頑張っているかを知りた

い。でないと、町奉行にお伝えしようがない。なに、北町の遠山《とおやま》左衛門尉《さえもんのじょう》景元《かげもと》様は、よく存じ上げておる」

よくというほどではないが、これまでも再三、町場の騒動に関して言上《ごんじょう》したり、探索紛《まが》いのことをした顔見知りである。

しかも、〝お救い奉行〟という新たな役職に就いた小普請方《こぶしんかた》支配の大久保《おおくぼ》兵部《ひょうぶ》は、あまり気が合わないが、いざとなれば力になってくれるであろう。この役職は、災害などの救援をするだけではなく、江戸市中の雇用にあぶれている者たちを救う役目もある。

遠山奉行と縁があると知った栄五郎は、少し希望の光を得たのか、座り直すなり、前のめりになって、銀座の雇用状況や危険と背中合わせの職場環境などを話した。

たしかに深刻な問題ではある。疲れた体で火の扱いを間違えれば、大火事になる。それゆえ、江戸の町中にはかような鎔炉を使うような場所は置いていない。万が一のときには、振袖《ふりそで》火事《かじ》のように大火になる恐れがあるからだ。

そのような危険もあるため、給金も決して安いとはいえない。元々、高めの給金である理由は、特殊な職人たちであると同時に、怪我や病になりやすいからだ。今でいえば、危険手当というところか。

「日向屋の旦那は、危ない目に遭うのを承知で銀座に奉公したのであろうと言って、俺たちの話には耳も貸しません」

「まったく……」

「ええ。ご隠居さんも見てたでしょ。実際に、何人もの職人が立ち直れないほど、怪我や病になってます。なのに、知らん顔です。人を人とも思ってないんですよ」

栄五郎はしだいに腹立ち混じりになってきた。だが、吉右衛門は冷静に見ており、和馬もじっくりと耳を傾けていた。

「で……どうして、おまえは五百人もの奉公人のために、立ち上がったのだ?」

「そりゃ、人として、見て見ぬふりができないからですよ」

「人として……」

「何か、おかしいですか。殿様も一度でいいから、銀座の中を見てみたらいいですよ。ありゃ、灼熱地獄だ。人足寄場《にんそくよせば》の方がマシってもんですよ」

人足寄場とは、軽めの犯罪を犯したり、素行の悪い虞犯者《ぐはんしゃ》を収容する、石川島《いしかわじま》にある施設である。だが、実刑を受けた咎人《とがにん》が入る伝馬町《てんまちょう》牢屋敷とは違って、再犯をしないよう矯正《きょうせい》するのが目的である。

「おまえも、そこに入っていたことが……?」

「はい。ありますよ。若い頃は、ちょいとグレてましたからね」

吉右衛門は余計なことだがと断って、

「銀座の主人が言ってたことは本当のことなのかね」

「ああ、おふくろは女郎で、親父は誰か分からないってことかい。銀座の奴らみんな知ってるよ。あの場で取り立てて、俺を貶《おとし》めるように言ったって無駄なこった」

「もしかして……おまえさんは、騒ぎを大きくして、自分を産んでくれたおっ母さんに気付いて貰いたい……なんて了見があるんじゃないだろうね」

何故か、吉右衛門はそう思って、問いかけてみると、栄五郎は苦笑した。

「ご隠居。俺はもう三十路だ。おふくろを恋しがる年じゃありやせんよ。それに……」

「それに……？」

「一度だけ会ったことがあるんだ。人足寄場から出てすぐにね。十六の頃でさ。年季奉公してた岡場所の遊女屋の女将《おかみ》が、心当たりがあるって、教えてくれたんだ」

「そうだったのか。さぞや、喜んでくれただろうなあ」

「とんでもねえやな」

栄五郎は自嘲気味に吐き捨てるように、

「会わなきゃ良かったと、思いましたよ。ああ、人間て、こんなにさもしいというか、非情になれるんだなあって……」

「境遇が悪くなってたのですかな」

「ふん。逆だよ……上総《かずさ》の方で、ちょいとした商人の後妻に入って、玉の輿《こし》ってのかな、左団扇《ひだりうちわ》の暮らしだったよ」

「それは結構なことじゃありませぬか」

「でもよ、驚き桃の木……俺が現れたものだから、おふくろの奴、困ってしまって、誰にも知られないように追っ払われた」

「遙々《はるばる》、訪ねていったのにかね」

「昔のことを、亭主にバレるのが嫌だったみたいでね……二両ばかり握らされて、『二度と顔を見せないでおくれ。ましてや、脅しに来たって、金輪際《こんりんざい》、金は払わないからね。下手《へた》なことしたら、お上《かみ》に突き出すからね』と何度も念を押しやがった」

産みの母親に、店の勝手口から追いやられたときの話を、栄五郎は感情を押し殺し、他人事《ひとごと》のように話した。

「金は叩き返しました。母親は『本当にいらないのかい』と呆然としてましたが、そのときに、俺は思ったんです……人の役に立つ人間になろうと」

「おやまあ、そんな奇特な」

吉右衛門は思いがけない言葉に、驚きの目になって、

「ふつうは逆ではないですかねえ。だって、そんな目に遭ったら、母親を恨み世の中を恨み、自暴自棄《じぼうじき》になりそうなものですが」

「非人間ですよ。そんな人間にはなりたくないと思ったんです。誰かが頼ってきたら、絶対に逃げない、迷惑だとも感じない……そういう人になろうと決めたんだ」

栄五郎のその気持ちに嘘はないと、吉右衛門は感じ取っていた。じっと聞いていた和馬もポンと膝を叩いて、

「なるほど。人の振り見て我が振り直せ……だな。若造の俺が言うのもなんだが、もしかしたら、栄五郎さんの体にまとわりついていた母親への執念みたいなのが、そのとき、すっと取れたのかもしれないな」

「えっ……」

「私もどちらかというと、早くに母親を亡くしたので、人並み以上に母親への憧憬《どうけい》というか、情念というか……そんなものがあるものでね。分からなくもない」

「いえ、俺なんざ、殿様と違って、取るに足らねえ人間だ。だからこそ、人の役に立つことで、なんとか人並みになりてえと」

「そう殿様殿様って言うな。照れ臭いやな……とにかく、銀座の奉公人たちの待遇の悪さに、一肌脱《ひとはだぬ》いだってことか」

「そんな格好いいもんじゃありやせんが……主人の善兵衛さんのことも、何かと癪《しゃく》に障《さわ》るもんでね、つい……」

「承知した。俺もなんとか力添えできるよう、頑張る」

和馬はいつもの爽やかな笑顔になって、胸を叩くのであった。

三

北町奉行の遠山左衛門尉に、銀座のことを訴え出たのは、その翌日のことである。もちろん、小普請組支配の大久保兵部を通してのことだが、栄五郎の話をまとめて、主立った奉公人たちの嘆願書を添えて、町奉行所に届けて貰ったのである。

だが、直《ただ》ちに事が解決するわけではない。町奉行からはまだ何も報せが届かず、勘定奉行からも沙汰《さた》がない。その間、奉公人たちは、家でぶらぶらしている状態が続いた。

——そのうち、音《ね》を上げて、仕事に戻るであろう。

というのが、日向屋善兵衛の考えであったし、町奉行や勘定奉行から咎めもなかった。つまり、ほったらかしにされた状態が数日、続いたのである。

そんなある夜のことである。

銀座の母屋《おもや》から、凄まじい絶叫が起こった。

寝間で眠っていた善兵衛とその女房・お菊《きく》が抱き合ったまま身を起こし、ぶるぶると震えている。その脇の衝立《ついたて》の向こうには、まだ八歳くらいの娘が幼気《おさなげ》な顔で眠っている。

「だ、誰だね……な、何の用だ……」

掠《かす》れた声で見上げる善兵衛たちの前には、黒装束の集団がずらりと数人、立ち並んでいた。いずれも覆面で顔は見えないが、闇の中で目だけがギラリと輝いている。

「欲が過ぎて、奉公人を蔑《ないがし》ろにするとは、許すことができねえな」

覆面だからか、くぐもった声で賊《ぞく》の頭目格が言った。

「な、何を言う……」

「金座、銀座、銭座ってのは、世のため人のためにあるんじゃねえのかい」

「なんだ、おまえたちは……」

「金の亡者に、おまえ呼ばわりされる筋合いはねえ。汚い手で稼いだ金を、世のため人のために使ってやるから、さあ鍵を出しな。裏の蔵の鍵だよ」

「そ、そんなものは、ここにはない……帳場の……」

「そこにないから聞いている」

「よせ。盗みなんぞしても、必ず捕まるぞ」

「——仕方ねえな。命まで取るつもりはなかったが……」

「や、やめろッ」

言いかけた善兵衛の肩口に、頭目格が匕首《あいくち》を打ち込んだ。痛みに悲鳴を上げようとしたが、口も塞《ふさ》がれた。女房のお菊の口も、別の盗賊のひとりが手で押さえ込み、匕首を喉元に突きつけた。

「もう一度、尋ねるぞ。鍵は何処だ」

言えないと首を横に振ると、情け容赦なく、頭目格は匕首をグイッと心臓の方まで、切り裂くように引き落とした。

「ああ、おまえさん！」

必死に駆け寄ろうとすると、手下が背後から無惨にも匕首を打ち込んだ。さらに、頭目格が止《とど》めを刺すと、断末魔《だんまつま》の手が伸びて、覆面に指先が搦《から》まった。必死に引きはがすと、その顔が露《あら》わになった。

——あっ……！

声にならないが、お菊の目は意外そうに、凝視していた。

「放しやがれ」

頭目格が蹴飛ばして突き放すと、仰向けに倒れて衝立《ついたて》が、娘の方に倒れた。

衝立の下敷きになった娘だが、すでに目が覚めていたのか、凍りついたように賊たちを見つめていた。恐怖で身動きひとつできなかったが、母親が倒れているのもあって、幸い盗賊たちからはまったく見えなかった。

「母屋内を隈無《くまな》く浚《さら》って、鍵を探せ。急げ」

声を殺して命令する頭目に、手下たちは素早く動き始めた。それを、娘は目に焼き付けるように凝視しているのだった。


その翌日——。

表門が開けっ放しになっていた銀座だが、誰も奉公人は仕事に来ていない。にもかかわらず、春一番に吹かれて揺れているのが、誰の目にも異様だった。

通りかかった北町定町廻《じょうまちまわ》り同心の古味覚三郎《こみかくさぶろう》と岡っ引の熊公《くまこう》が、何気なく屋敷内に入って、辺りを見廻した。人は誰もいない。殺風景な庭に、まるでつむじ風のように、土埃《つちぼこり》を舞い上がらせていた。

「奉公人が屁理屈《へりくつ》こいて休んでると、まるで幽霊屋敷だな」

古味が懐手《ふところで》で愚痴《ぐち》っぽく言うと、熊公も頷いて、

「ふだんは鍛冶《かじ》の音も聞こえるし、ざわざわと人の声も……まさか、このまま閉鎖になるってこたあないでしょうがねえ」

と言った。

本来、本所廻り方の支配地だが、古味は遠山奉行直々《じきじき》に命じられて、銀座を見廻りに来ていたのである。

母屋の玄関戸も開けっ放しで、上がり框《かまち》の辺りには、何やら帳面のようなものが幾つも散らかったままで、吹き込んでくる風で下駄《げた》や草履《ぞうり》までが転がっていた。

「――妙だな……奉公人はいなくても、日向屋や番頭らはいるはずだが……」

と玄関に入ると、広い屋敷ながらも異様な気配を感じた。廊下や板間に土足で踏み荒らした痕跡があったからである。

「!?――なんだ……」

古味が屋敷に乗り込むと、奥の寝間《ま》には血が飛びちっていた。床に倒れ込んでいる善兵衛とお菊夫婦の変わり果てた姿を目の当たりにして、古味と熊公は立ち尽くした。

「誰がこんな真似を……！」

強く吹いている風で、幾つかの木戸などもバタバタ音を立てている。中庭に踏み出て裏手に廻ると、蔵の大きな扉も開けっ放しである。もしやと駆け寄って見た古味の目には、明らかに盗賊が押し込んだ様子が窺《うかが》えた。

鍵は明らかに、こじ開けられていた。

千両箱は幾つかなくなっているし、作られたばかりの朱銀や天保通宝などが入っていたであろう箱もすっかりと失せていたからである。古味自身、何度か見廻りで来たことがあるから、蔵の様子も分かっていた。銀座での〝袖の下〟は随分とあったのだ。

熊公とともに、すっかり冷たくなっている二体の亡骸《なきがら》を、じっくりと検分した。

「残酷なことをしやがる……いずれも脅しじゃなくて、端《はな》から殺す気だったようだな。心《しん》の臓《ぞう》を狙ってやがる」

いつもは善兵衛に金をせびっていた古味でも、さすがに苦々しい思いがした。女房まで一突きで殺しているからである。もしかしたら、命乞いをする間もなく、残虐な行為に及んだのであろうと古味は判断した。

「──たしか、日向屋には、ひとり娘がいたはずじゃありやせんか、旦那」

熊公が気付くと、古味も頷いて、

「ああ、そうだ。たしか、佐奈《さな》とかいう目鼻立ちの綺麗な可愛らしい娘だ」

「どこにも、いやせんね。もしかして、攫《さら》われたんですかね」

「ふむ……」

お菊の亡骸を退《の》かせて、倒れた衝立を上げると、その下には子供用の蒲団が敷かれたままになっている。

「娘はここで寝てたようだな……」

その辺りを見ていると、煙草《たばこ》入れが落ちていた。使い古されたもので、煙草の葉はほとんどなかったが、内側の差し込み口に富岡八幡宮《とみおかはちまんぐう》のお守りが入っていた。

「──賊が落としたものかな……」

少し考えて、古味は首を傾げながら呟いた。

「どういう状況だったか分からねえが、屋敷内にいないとなれば、娘は連れ去られたとも考えられる。しかし、そんな足手纏《あしでまと》いなことをするかな……娘を攫って、夫婦に身代金《みのしろきん》を寄越せというなら分かるが」

「屋敷内を、ちょいと探してみやす」

熊公は大きな体を捻《ひね》るようにして立ち上がると、三千坪もある銀座の中をあちこち探し始めた。ふだんは大勢の人が働いているが、大吹所の窯《かま》や炉に火はなく、研場などで作業もしていないので、まったくがらんどうであった。

古味の方は、どのくらいの人数の賊が入ったのか、狙いは金だとして、なぜ夫婦を殺さねばならなかったのか——などと考えていると、しばらくして熊公が小さな娘の手を引いて戻ってきた。

「旦那……大吹所の奥に、銅や鉛などを置いておく石の蔵があるのですが、その隅っこで小さくなって隠れてやした」

「よく分かったな」

「おかしなことに、中から、鍵がかかっていたので、こじ開けて入ってみたら……」

小さな娘は両親の遺体から目を背《そむ》けた。古味は察して、蒲団をかけろと熊公に命じてから、娘の前にしゃがみ込んだ。

「佐奈……ちゃんだね」

「…………」

「日向屋のひとり娘の、佐奈ちゃんだよな。俺の顔に見覚えがあるだろ。おじさんも、おまえさんのことは知ってるよ」

「…………」

「北町奉行所の古味覚三郎って同心だ。安心しな。怖かないよ。あのでっかいのは、岡っ引で、おじさんの手下だ。見てのとおり柄《がら》は悪いが、根はいい奴だから、安心しな」

幼子に気遣いながら、古味は心をほぐそうとしたが、顔は強《こわ》ばったままだ。いや、むしろ無表情で、何の反応もしない。恐らく、目の前で二親《ふたおや》を殺されるところを見たのであろう。その衝撃で、心を痛めたのかもしれないと、古味は察していた。

「もしかして、佐奈ちゃんは……盗賊の顔を見たのかい？」

「…………」

「教えておくれ。こんな酷いことをしたのは、何処の誰か、おじさんたちがとっ捕まえて、恨みを晴らしてあげるから」

そう言いながら、古味が両肩を抱えるように触れると、佐奈はビクッとなって、後《あと》退《じさ》りした。あまりにも異様な態度に、古味の勘は当たっていると思われた。

「怖がることはないぞ。おじさんは、佐奈ちゃんの味方だからな。大丈夫、必ず守ってあげるからね」

優しさが気持ち悪いとでも言いたげに、佐奈は古味と熊公を震えながら見ていた。

心が傷ついているであろうから、すぐさま『深川診療所』の医師・藪坂甚内《やぶさかじんない》に診《み》せた。人手を集めて、善兵衛とお菊ふたりの亡骸も運んで、検分させた。

薮坂家は代々、この地で町医者をしている。当主である甚内は儒学《じゅがく》を学びながら、長崎《ながさき》でも西洋医学の修業を重ねた〝儒医《じゅい》〟である。上大島町《かみおおしままち》で古寺を改築して、重い患者は何日でも逗留して、医療を受けることができる。

「――どれどれ……」

薮坂が様子を見ただけでも、佐奈は強張《こわば》っている。引き寄せようとすると、とたん、激しくその手を振り払い、凶暴に睨みつけた。かなりの深傷《ふかで》だと、薮坂は感じた。

「大方のところは分かる……この娘が心を閉ざしたのは、おそらく二親を殺した鬼夜叉《おにやしゃ》の顔を間近で見たからだろう。容易《たやす》く元には戻るまいな」

薮坂の見立てに、古味は思わず縋《すが》るように聞き返した。

「容易く戻らない……ということは、戻らない病ではないのだな」

「そうだ。しかし、頑《かたく》なに己の内にこもっている心を解きほぐすのは難しい。手立てはただひとつ……真の人の情けじゃ」

「真の人の情け……」

無表情の佐奈を、古味は膝をついてぎゅっと抱きしめようとした。だが、それは逆効果で、頑なに大人を拒むようになった。

「古味様……そんな短絡で浅はかな考えで治るものではありませぬ。そうだ。高山様のお屋敷に連れていってはどうかな」

「高山和馬様か」

「ええ。あそこのご隠居ならば、心をほぐしてくれるかもしれませんぞ」

「――あのふたりは、どうも好きになれんのだ。俺のことをバカにしているというか、お上《かみ》をなめているというか」

「それならば私も同じです。気にすることはありませんよ」

「うむ。そうだな……えっ。今、なんと言った」

「いえ、何も。とにかく、そうするのが一番、よいと思いますぞ」

藪坂の助言に従って、渋々とではあるが、古味が連れていこうとしたところ、佐奈の方が拒むように離れた。

「おいおい。俺は町方同心だぞ。安心しな」

と言っても、やはり怯《おび》えたままである。

おそらく、いつも古味が朱房の十手《じって》を偉そうに掲げている姿を見ていて、嫌いなのかもしれない。

「無理ですよ、旦那……私が連れていってあげましょう」

診療所の奥から出てきた若い娘が、声をかけてきた。藪坂の元で働いている千晶《ちあき》である。なかなかの器量よしで、産婆としても腕を上げつつあるし、年寄りからは慕われている。

「——おまえか……」

もちろん古味とは顔見知りだが、やはりお互い好きになれなかった。

「大丈夫ですよ、旦那。誰も町方同心を好きな人なんていませんから。私は取り立てて嫌いじゃないから、安心して下さい」

まるで古味の内心を見抜いたかのように、ハッキリと物申した。遠慮のない歯切れのよい娘なのである。

古味は鼻の奥が痒《かゆ》そうな顔になって、クシャミをした。

四

佐奈もむさ苦しい男よりも、若い娘の方が安心できるのであろう。素直に千晶についてきた。だが、高山家の表門を潜《くぐ》って、玄関に来たとき、佐奈はふいに、何か感情が昂《たか》ぶったのか、眉をハの字にして、泣き始めた。

「どうしたの、佐奈ちゃん……」

千晶が優しく声をかけると、佐奈は首を少しだけ左右に振って、何でもないと言いたげに俯《うつむ》いた。

もしかしたら、亡くなった二親のことを思って、俄《にわか》に寂しくなったのかもしれない。

千晶はそう思って、軽く体を抱いてやった。

そんな様子を中庭から見ていた吉右衛門が、ニコニコ顔で近づいてきた。

「これは千晶さん。今日はどうしたのですかな。おやおや、可愛《かわい》らしい娘さんじゃな」

どう見ても好々爺《こうこうや》の吉右衛門にしても、容易には佐奈は心を開かない様子だった。すぐに千晶の後ろに隠れ、怯えた目で見上げていた。やはり、大人が怖いようだ。

何かを察した吉右衛門は、刺激しないように二人を座敷に招き、茶とみたらし団子を厨房から持ってきた。

「これはね、お店で買ってきたものじゃない。私が作ったものなんだよ。しかも、餅米に山芋《やまいも》の擂《す》ったのなんかも混《ま》ぜ込んであるから、柔らかくて旨味があって、この醤《しよう》油《ゆ》と砂糖の甘ダレがよく合うのだよ。さあさ」

串に刺してある団子を、吉右衛門が出すと、佐奈は思わず手を伸ばした。

「もしかして、ずっと何も食べてないんじゃないかい？　慌てずにゆっくりお食べ。

苦いお茶がいやなら、甘茶もあるよ」

と優しい声をかけた。

恵比須《えびす》笑いに歪《ゆが》む吉右衛門の顔を、佐奈は硬直したまま見ていたが、それでも団子を口にして、短い溜息をついた。

「美味《おい》しそうだなあ。私にも下さいな」

千晶は屈託のない言い草で、皿に盛ってあった団子をパクリと口にした。しばらく嚙みしめるように食べてから、ほんわかとした表情になって、

「美味《おい》しい、ご隠居さん……本当に自分で作ったの？　こんな美味しいものなら、何本でもいけちゃう。うちの患者さんたちにも、食べさせてあげたいなあ」

「ようございますとも。お世辞でも嬉しいわい」

「お世辞じゃないですよ。ほっとする」

「団子もね、ただの食べ物ではなくて、元々は蓬《よもぎ》とか薬草を混ぜ込んだ薬みたいなものじゃでな。藪坂先生が処方して煎じた薬草団子を作れば、美味《うま》くて体によいものができるというものじゃ」

「そうですよね。それいただき！」

「ただ食べ過ぎると、元も子もないかもしれないがな。あはは」

吉右衛門と千晶が話している間に、佐奈は三本ばかり一気に平らげ、茶を呷《あお》るように飲んだ。よほど空腹だったに違いない。急いで食べても、寒天のようにするりと喉《のど》越しもよいので、子供にも安心だ。

「――ご馳走様でした……」

か弱い声ながら、佐奈は礼を言った。その様子を見て、千晶も一安心したのか、後はご隠居さんにお任せとばかりに、事情を話してから診療所に戻るのであった。

だが、吉右衛門はあえて今は、そのことに触れず、

「他に食べたい物はないかね。簡単なものなら作ってあげよう。私はこれでも包丁捌《さば》きは得意なんだよ、ふほほ」

と声をかけた。

佐奈は蕎麦《そば》が食べたいと言った。蕎麦粉や小麦粉などは常置しているから、すぐに作ってあげようと、吉右衛門は口より先に動き始めた。この腰の軽さが、ご隠居ながら元気な証《あかし》かもしれぬ。

大きな俎板《まないた》で蕎麦を打つ間に、湯を沸かし、打ち立てのものをすぐに茹《ゆ》でる。さらに、昆布《こんぶ》と鰹節《かつぶし》で取った出汁《だし》に醤油《しょうゆ》や酒、みりんなどで作った濃厚なつゆを用意する。あまりにも手際がよいので、佐奈は食い入るように見ていた。

釜に張った湯の中で、蕎麦が渦巻くように廻りながら茹で上がった頃に、出かけていた和馬が帰ってきた。

「おや、丁度《ちょうど》良かった。蕎麦が出来上がったところですよ」

吉右衛門が声をかけると、和馬はいつになく青ざめた顔で意気消沈していた。

「それどころじゃないぞ、吉右衛門」

「如何《いかが》致しました」

「銀座のことだ」

その言葉に、佐奈はギクリと振り返った。吉右衛門は気付いたが、和馬はすぐ側《そば》にいる女の子が目に入っていないのか、いきなり話し出した。

「殺されたのだ。銀座の当主、日向屋善兵衛が……女房のお菊とともにな」

「さいですか」

「なに、驚かないのか」

「ま、こちらへ。まずは蕎麦を食べてから、ゆっくりお聞き致します」

佐奈を気遣うように言った。さすがに見知らぬ女の子に気付いた和馬は、また身寄りのない子供を連れてきたのかと勘繰《かんぐ》った。これまで、和馬自身が、途方に暮れている親子らを寝泊まりさせたことが、何度かあるが、一見すると良い家の子だと感じたのか、吉右衛門に問い質《ただ》した。

「まさか、攫ってきたのではあるまいな」

「悪い冗談はよして下さい」

「あまりに可愛らしいのでな……娘、おまえは何処から来たのだ」

「銀座からです」

「えっ……⁉」

あまりにあっさりと答えたので、吉右衛門の方も驚いた。

「どういうことだ。あ、まさか、おまえが生き残りの銀座の娘なのか」

「はい――」

佐奈が素直に頷くと、和馬は申し訳なさそうに頭を下げた。

「そうだったのか……済まぬな。知らぬこととはいえ……いや、そうだったのか……なんで先に言わぬのだ、吉右衛門」

「――ご隠居様。お蕎麦、食べていいですか」

茹で上がったばかりの蕎麦に、熱々のつゆをぶっかけて葱《ねぎ》を散らしただけであるが、佐奈は厨房の食台で実に美味しそうに食べ始めた。温かい食べ物は、心も落ち着かせる。

「ちょっと、こっちへ……」

和馬が隣室まで手招きすると、吉右衛門に小声で語りかけた。

「北町奉行所で聞いた話では、夫婦は残酷にも殺された上で、数千両が奪われたそうだ。やったのは〝木枯《こ》《が》らしの万蔵《まんぞう》〟ではないか、と奉行所では疑っている」

「〝木枯らしの万蔵〟……かつて江戸中の大店《おおだな》を荒らしていた……」

「荒っぽい手口や根こそぎ奪ったことなどから、またぞろ現れたのではないかとな」

「何か手掛かりがあるのですか」

「まだ詳しくは知らぬが……とにかく、生き残りがいるらしいのだが、それがあの子とはな……どうして、ここへ」

「それはともかく、今はあまり触れない方がよいと思います。そう思って、藪坂先生も私どもに預けたのです」

「俺たちに……」

「助けて守ってくれると踏んでのことかと存じます……殿様。ここは栄五郎ではありませんが、一肌《ひとはだ》脱ぐしかありませぬな」

吉右衛門の気持ちは、和馬もすぐに分かった。常日頃から、町奉行が咎人を捕らえて刑を科するのが仕事ならば、自分は被害者を心身共に救わねばならぬと、和馬自身が話していることだからだ。

「二親を目の前で……だとしたら、心を閉ざすに違いない。でも、なんとかしてやりたいではありませぬか。ねえ、和馬様……それが事件の解決になるかもしれませぬしな」

「ああ、そうだな」

「しばらくは、娘の所在を隠しておいた方がよいかもしれませんな。万が一、盗賊の顔を見ていたとしたら、口封じに来るかもしれませんからねえ」

ズズッと勢い良く蕎麦を食べる音に、ふたりが振り向くと、佐奈が丼に顔を突っ込むようにして食べていた。だが、その目には涙が溢れており、ぽたぽたと流れ落ちていた。

五

善兵衛に不幸があったと知った奉公人たちは、仕事はしていなかったが、次々と銀座に舞い戻るように集まってきていた。

その中に、もちろん栄五郎の姿もあった。

町方の検分から戻ってきていた善兵衛とお菊の変わり果てた姿に、誰もが痛々しい目で見ていた。同時に、何処か申し訳ない気があるのか、誰もが沈黙したままだった。

番頭の八十兵衛が甲斐甲斐《かいがい》しく、ふたりの亡骸を愛《いと》おしむように手を合わせている。

「――申し訳ありません……いつもなら、私がいるのですが……」

どうやら、銀座は文字どおり火が消えてしまったので、番頭も休んでおれと、主人から命じられていた。その隙間を縫うように、盗賊が押し入ったのである。

「それを言うなら、俺たちも同じだ」

奉公人のひとりが声を出した。すると、他の者たちも次々と、それぞれの無念な気持ちを吐露し始めた。

「俺たちが休んだから、いけねえんだ」

「申し訳ありやせん。こんなことになるなら、炉の火を絶やすんじゃなかった」

「ああ、そうだ。いつもなら三分の一くらいの奉公人が、この屋敷内にいる。夜通し仕事をしているときもある」

「たしかにな。そしたら、盗賊なんかが入ってくることなんざ、できねえ」

「とんだことになっちまったなあ……旦那にもお内儀にも申し訳が立たねえ」

などと声をかけていたが、栄五郎も無念そうに俯いていた。その栄五郎に、誰ともなく、「おまえが先走ったばっかりに、こんなことになっちまったなあ」と言った。

ハッと振り返った栄五郎は、みんなを見廻しながら、

「――俺のせいだったってのか……」

と訊くと、職人のひとりがすぐに答えた。

「そうとは言ってねえがよ……おまえに扇動されたために、俺たちは仕事に出なかった。だから、こんな目に……」

「善兵衛さん夫婦には同情する。とんでもねえことに巻き込まれた。でも、勘違いしちゃならねえよ。この盗賊騒ぎと、俺たちが要求していたこととは関わりがねえ。悪いのは、盗賊じゃねえか」

「だけどよ……付け入る隙を与えたのは、俺たちかもしれねえ」

「だから、それは……」

関係ないと繰り返したかったが、栄五郎も言うのを止めた。死体に鞭打つようなことをしたくなかったからだ。

「――考えてみりゃよ、俺たちがああだこうだと文句言ったのは、罰当たりのことかもしれねえ……足《た》るを知るを忘れちまったんだ」

他の職人が言うと、同じようなことを何人かが囁いた。そして、栄五郎の言うこと

が正しいと思い、善兵衛を悪者にしたことを悔やんでいるとまで言い出す者もいた。

「だったら訊くが……」

栄五郎はもう一度、みんなの方を振り返り、

「善兵衛さんは、そんなにいい人だったかい。善兵衛って名前は嘘だらけだって言ってたのは、あんたらじゃないか……このまま一生、危ない目に遭わされ、安い給金で扱《こ》き使われ、怪我をしても知らん顔の雇い主でいいのかい、ええ、みんな」

「そりゃ……」

困ったように職人たちは首を振った。

「下手《へた》に同情してもな、善兵衛さんの代わりに誰かが来て、同じように俺たちは言いなりにされるままだ。今や材木問屋や大工たちも、自分たちの暮らしを改善して欲しいと、立ち上がっているんだぜ」

わずかに気色《けしき》ばんで言う栄五郎に、じっと聞いていた番頭の八十兵衛が、一歩前に踏み出してきて毅然と言った。

「皆の衆……私は長年、ご主人に仕えてきましたが、義理を重んじる人でした。正しい道理、人として取るべき道を、よく知っている人だということを、身近にいて感じておりました」

いつもは控え目で、主人の後ろにいた人だが、奉公人たちの態度に痺《しび》れを切らしたのか、思いの丈《たけ》を述べた。

「たしかに、奉公人に対して厳しかったことは否《いな》めません。ですが、ご主人のご公儀から預かった使命は、世間で使う銭金を作ることです。ふつうの商人のように、右の物を左に動かして、その利鞘《りざや》を稼ぐのとは、まったく違います」

「そりゃそうだ」

誰かが相槌《あいづち》を打った。

「私たちは、ご公儀からいただいた給金で、天下国家に出廻るお金を作っている身です。つまりは、お役人と同じような矜持《きょうじ》が、私たちにもあります。お侍は義を重んじ、理を正して、人情に流されることはありません」

八十兵衛は感極まったような声になり、

「ましてや、ご主人は、自分が儲けようなんぞとは、まったく考えたことなどありませぬ。その主人に……自分たちの身勝手なことを訴えるのは、間違いだったんじゃありませんか」

と強く言うと、一同は打たれたように静かになった。

すると、何がおかしいのか、今度は栄五郎が笑い始めた。八十兵衛が不愉快そうに

詰め寄ろうとすると、

「そうやって善兵衛さんを庇《かば》うのは結構だがね、番頭さん……あんたが一番、善兵衛さんを恨んでたんじゃありませんか」

と意外なことを言った。

「あんたは、まるで善兵衛さんの飼い犬だった……善兵衛さんは嫌なことや辛いことがあると、どんな小さなことでも、あんたに八つ当たりしていた」

「…………」

「地べたに這い蹲《つくば》らせられ、餅を口でくわえさせられたり、便所でケツを拭かされたり、意味もなく熱い火箸を突きつけられたり」

「黙りなさい」

「俺は何度も見たことがあるよ……でも、あんたは逆らうことなんざ一度もなかった。なぜだか言いましょうか」

まるで脅すように栄五郎は睨みつけたが、八十兵衛はしばらく黙っていた。だが、静かに自分から言った。

「私が前科者だからですか」

奉公人たちから、どよめきが湧き起こった。それを受けて、栄五郎は続けた。

「俺も似たようなもんだ。人足寄場が寺子屋代わりだからな……あんたは聞いたところによると、前に奉公してた店から金を懐《ふところ》してたらしいな、博奕《ばくち》したさに」

「はい、そうです。でも、それについては、きちんと刑を受け、すべて始末できております。ご主人はそのことを分かって……」

「分かってて、言いなりにしていた。酷《ひど》い主人だとは思わなかったのかい。俺にですら、恩着せがましく、あれこれ厳しいことを押しつけてきたけどな」

「いいえ。私は感謝こそすれ、恨みの一字もありませぬ」

「恨みがない……」

「はい」

「大したもんだ、あんたって人は……そこまで魂を売れるものかね」

栄五郎が言ったとき、「そこまでだな」と声があって、古味が入ってきた。後ろには、熊公が一緒についてきている。

「随分と御託を並べているのが聞こえたが、おまえはそんなに偉いのかい」

「――善兵衛さんにも同じようなことを言われましたがね。人を見下《みくだ》す人間は、よくそんな物言いをする」

「その善兵衛を殺して金を盗んだ奴が、誰だか分かったぞ」

　エッと集まっていた一同は、古味を振り返った。八十兵衛も驚きの目を向けた。栄五郎だけは冷静な態度で、

「ほう、それは誰だい」

　と訊くと、すぐに古味は答えた。

「おまえだよ、栄五郎……」

「なんだと⁉」

「証拠も残っている。随分としたたかな奴じゃねえか。日当を上げろだの、待遇を良くしろだの奉公人のためだと騒ぎを起こしたのは、その目眩《めくら》ましのためだったのだからな」

「いい加減なことをぬかすな」

　栄五郎は初めて感情を露わにしたが、古味はニンマリと笑って、

「本当を言われたら、やはり怒るもんだな」

「違う、俺は……！」

　古味が怒鳴りつけると、熊公は力任せに栄五郎に縄を掛けて縛り上げた。ざわつく奉公人たちに向かって、古味は手を掲げ、

「おまえたちは利用されたのだ。銀座に奉公人をひとりもいなくさせて、その隙に押

し込むという寸法だ」

「なんだって……ふざけたことを！」

あちこちから奉公人たちの声が沸き起こった。栄五郎は「違う！　でたらめだ！」と叫んだが、古味は煙草入れを見せて、野太い声で言った。

「主人夫婦が死んでいた所には、これが落ちていた。栄五郎、惚《とぼ》けたって無駄だ。おまえの物だってのは、ちゃんと調べがついているんだ。おまえの守り袋も入ってる」

「あっ――！」

栄五郎が思わず息を呑むと、古味は畳み込むように言った。

「おまえの顔を見た者もいる。それが誰かは今は言えねえが……お白洲《しらす》には出てくるだろう。楽しみにしておけ」

騒ぎ始めた奉公人たちを押し退けて、熊公《の》は栄五郎を引っ立て、古味は悠然と歩き出した。つと振り返ると、八十兵衛が苦々しい顔で見送っていたが、我に返ったように深々と頭を下げた。

六

その夜のことである。

大横川に架かる橋の上を、捕方に追われているのか、ひとりの黒装束がいた。頬被《ほおかむ》りをしている。呼び子の音が聞こえるが、月も出ていない暗闇のせいか、同心たちの姿は見えない。

橋の袂《たもと》にある小さな船宿——。

二階の一室には、見るからに胡散《うさん》臭い男女が数人、千両箱を前にして小判を分け合っている。遠くから呼び子が聞こえるので、その者たちはギクリと身を竦《すく》め、とっさに押し入れに隠し始めた。

「落ち着け……狙いは俺たちじゃねえはずだ」

頭目格の男が低い声で言った。眉毛の濃い、赤鼻の男で、頬には古い刀傷が残っている。眼力は獣《けもの》のように強く、どっしりと胡座《あぐら》を搔いたまま微動だにしなかった。

丁度、船宿の下を駆け抜けていったようで、足音が遠ざかった。

一同がほっとした次の瞬間、壁の向こうから異様な物音がした。床の間の掛け軸の奥には秘密の階段があり、そこから直《じか》に川の船着場に行くことができるようになっている。万が一、役人が乗り込んで来たときに逃げるためのものである。

「――親分……」

女の子分のひとりが恐れるような声を洩らしたが、別の子分が掛け軸を外そうとすると同時に、それを突き破るような勢いで、黒装束の男が転がり込んできた。

「うわッ。なんだ、てめえは！」

驚く一同の前で、黒装束の男は頭を床に擦りつけて、

「申し訳ございませぬ。ケチなこそ泥でございます。役人に追われて、とっさにここに逃げ込んで来ました。どうか、お見逃し下さいますよう、お願い申し上げます」

と馬鹿丁寧に頼み込んだ。

それを見ていた頭目格が噴《ふ》き出すと、子分らしき男女もとたんに大笑いした。

ゆっくりと顔を上げたのは、誰であろう――吉右衛門であった。

むろん男女たちは何処の誰かは知る由《よし》もない。頭目格は吉右衛門の頬被りを引っ剝《ぱ》がすと、思いがけず年寄りなので、また吃驚《びっくり》したように見やって、

「随分と年季の入ったこそ泥じゃねえか」

と苦笑した。

「あ、いえ……盗みを始めたのは、まだ最近のことでして……恥ずかしながら、蓄えもなければ仕事もない。こんな年寄りは物乞いをするか、盗っ人になるしかありません」

「おかしな爺さんだ。だが、運が良かったな。ここは天下御免の盗っ人宿だからな」

「ええっ……」

「事と次第によっちゃ、手ほどきしてやってもいいぜ」

頭目格が言うと、他の男女合わせて六人が実におかしそうに笑った。その中の、おきんという若い女が、蓮《はす》っ葉《ぱ》な声で吉右衛門の側に寄って顎《あご》を撫でた。

「あたいたちは、お上《かみ》が大嫌いでね。こうして、大金を盗んでは義賊よろしく、金をばらまいてんのさ」

「大金を……」

「銀座に押し込んだのも私たちだよ」

おきんが自慢げに言うと、仙太郎《せんたろう》という中年男が「おい」と野太い声をかけた。頭目格に負けないくらいの強面《こわもて》である。

「いいじゃないさ。こんな爺さん、どうせ老い先短いんだからさ、ちょいと恵んでやってもいいじゃないか。ねえ、万蔵親分」

「――万蔵親分……はて、何処かで聞いたような……」

「三下《さんした》じゃ知らないのも無理はねえが、一端《いっぱし》の泥棒になりてえんなら、覚えておきなさいな。この人は、〝木枯らしの万蔵〟って泣く子も黙る大親分だよ」

「あっ。ああ……やはり、そうでしたか……こりゃ、えらい所に迷い込んでしまった」

吉右衛門が縮こまると、万蔵は豪気に笑いかけて、

「爺さん。人生は短い。面白可笑《おもしろおか》しく暮らさなきゃ、産んでくれた二親に悪いってもんだ。そうじゃねえか？」

「人生は夢幻のようです。実感です」

「だったら、こそ泥なんぞしねえで、もっと大きな盗みをやろうじゃねえか」

「はい。この余った命、盗みはすれども非道はせず、可哀想な人々に恵む義賊の〝木枯らしの万蔵〟親分に、捧げたいです」

「命を捧げるたあ、随分と大きく出たな」

「どうせ大したことはできないでしょうが、これを縁に子分にしていただけるので？」

「お安い御用だ」

万蔵はふたつ返事で請け合った。

「だがな……ひとつだけ条件がある。聞いてくれるかい」

「何なりと。私はこう見えて、大工仕事も包丁捌きも、庭掃除だって洗濯だって、なんだって得意です」

「そんなことは、子分や女どもがやるよ」

「では、何を……」

訝《いぶか》しげに訊き返す吉右衛門に、にんまりと笑って万蔵は言った。

「おまえさんが俺になる。〝木枯らしの万蔵親分〟になって貰いてえんだよ」

「ええ？　子分にしてくれるんじゃないのですか。どういうことでしょう」

驚きを隠しきれない吉右衛門を、子分たちも薄ら笑いで見ていた。

「知ってのとおり、俺の首には〝御用金〟がかかっている。三百両ってことだが、何千何万両と盗んできた俺様が、たったの三百両だってえから、お笑い種《ぐさ》だ」

「ですね……」

「だが、いつまでも追われてちゃ、身も保《も》たねえし、気分も悪い。そろそろ御用となって、鈴ケ森《すずがもり》で晒《さら》し首にでもなりゃ、一生暢気《のんき》に遊んで暮らせる」

「なるほど。その身代わりを私にしろと」

「飲み込みが早いな、爺さん」

「はい。最近、飯は喉に通りにくいですがね。でも親分さん……私みたいな爺イの顔では、お役人が納得しますかね」

「誰も俺の顔なんざ知らないよ」

「だったら、逃げていても大丈夫なんじゃ」

「捕まって処刑されるってことが大事なんだ。この稼業に始末をつけたいんだよ」

「ああ、そうですね。分かりました」

吉右衛門が覚悟を決めたような顔になると、万蔵を上目遣《うわめづか》いで見た。

「承知しました。どうせ残り少ない命ですから、差し上げましょう。ですが、こっちもひとつだけお頼みがあります」

「誰かに金を残したいのか？」

「はい。お察しのとおりです……ですが、親分さんたちが稼いだ中からいただこうとは思いません。賞金が三百両もかかっているのなら、それを渡してやりたい者がおります」

「おまえの身内の者かい」

頷いた吉右衛門はすぐさまに答えた。

「本所深川辺りを廻ってる〝とっかえべえ〟のちょろ吉ってガキがおります」

「それは実は私の孫でして……ええ、娘の子供なんですが、もう何年も前に娘とは縁が切れ、その娘も死んでしまったから、可哀想に孫は、まだ小さいのに働いてます」

身の上話をする吉右衛門は、しぜんと涙が出てきて、時折、嗚咽《おえつ》するように、

「親不孝ならぬ子不幸孫不幸で、こんな年になってしまって、子や孫が不憫《ふびん》で不憫で……せめて三百両の金を残してやりたい」

「つまり、命を懸けて、ちょろ吉ってガキに手柄をやりたいってことだな」

「もし叶《かな》うなら……」

「簡単な話だ。おまえさんが捕まればいい」

あっさりと万蔵は言ったが、吉右衛門は首を横に振りながら、

「ですが、私を捕まえたところで誰が泣く子も黙る〝木枯らしの万蔵〟親分だと思うでしょう。役人だって疑いますよ」

「どうしたいんだ」

「私に考えがあります。素人《しろうと》考えですが、親分さんの首に成り代わるためには、ぜひお願いしたく存じます」

丁重に話す吉右衛門に、万蔵は身を乗り出すように聞いていた。

「長年、渡り中間《ちゆうげん》をやってました。そこで学んだのは、商家よりも武家屋敷の方が、蔵などの守りが緩《ゆる》いってことです」

「だな……」

「これは釈迦《しやか》に説法でしたね。でも、本当にこんなにいい加減でいいのか、というほど警戒していないのです。たしかに大名屋敷や奉行になるほどの旗本は、家臣たちが沢山《たくさん》いるので狙いにくいですが、小身《しようしん》旗本の屋敷は意外と穴場なんです」

吉右衛門は声をひそめながらも、必死に訴え続けた。

「たとえば、ここから数町ばかり南にある高山という旗本……けっこう貯め込んでて、日頃あちこちから付け届けもあるから、蔵の中には常に五千両ばかりあります」

「そんなに……」

「私もこの目で見たことがあります。なので、そこに私が忍び込みます。盗もうとしたところを、ちょろ吉に見つけさせ、御用となります。お縄となりますが……誰も子分がいなければ、駆けつけた役人も信用しないでしょう。そこで……」

「分かった分かった。俺の子分も一緒に忍び込ませ、おまえだけが犠牲になるふりをして、子分たちを逃がす。そういう算段なんだな」

「さすが天下一の大泥棒。人の心の中まで盗んでしまうんですね」

おだてるように吉右衛門が言うと、万蔵は笑いながら頷いて、子分たちも何か欲惚《よくぼ》けた笑みを浮かべながら見ている。

「いい話じゃないか。孫のために一肌脱いでやりましょうよ、ねえ親分」

おきんはシナを作りながら、万蔵の側に寄り添った。

「善は急げって言いますから、私は一足先に参りたいと存じます」

吉右衛門が立ち上がろうとすると、その肩を万蔵は煙管《きせる》の先で押さえた。

「そう慌てるねえ。突然、逃げ込んで来たおまえを、一から十まで信じるほど、こっちはお人好しじゃねえ」

「――と申しますと……」

「盗みをする前には、念入りな下調べが必要なんでな。細工は流々《りゅうりゅう》、仕上げを御覧《ごろう》じろってな話になるかどうかは、俺が決める」

仕方なく座り込んだ吉右衛門は、すべてを委《ゆだ》ねるような目で頷いた。

七

その頃、高山家の屋敷では、和馬が所在なげにうろうろしていた。

傍らには、なぜか千晶がおり、心配そうに佐奈の様子を窺《うかが》っていた。佐奈は障子をブスブスと指で刺して破っている。何かに取り憑《つ》かれたように、既に破れた上にも、ひたすら繰り返している。

「佐奈ちゃん……もう好い加減にすれば？」

千晶が声をかけると、和馬はそっと窘《なだ》めるように、

「いいのだ。好きなようにさせてやれ」

「けど……」

「どうすれば、この子の心を取り戻してやれるか、しばらく見守ってみるつもりだ。預けられた俺には、それしかできぬしな」

「――そうですね。私が連れてきたんですものね……」

気を取り直したように千晶は台所に行くと、作り置きしていた握り飯を盛った皿を運んできた。

「お腹空いたでしょ。さあ、佐奈ちゃん、一緒に食べましょう」

千晶が差し出すと、佐奈は素早く手を振って、その皿を叩き落とした。さすがに千晶も思わず声を荒げて、

「何をするの！　バチが当たるわよ。お米はお百姓さんが汗水流して……」

と言いかけたが、佐奈はもう背中を向けて、また障子を破ったり、少し移動しては襖絵を扇子《せんす》の先で傷つけたりしている。その姿は人を寄せつけない険しさというよりも、憐れみを帯びていた。

気を取り直した千晶は、何か思いついたのか、また厨房の方に戻り、折紙を持ってきた。様々な模様や色彩の千代紙《ちよがみ》を、千晶は手際よく折り始めた。

「ほう……さすが女だ……器用なものだな」

感心して和馬が見ていると、千晶も童心に返ったかのように楽しそうに折り続け、出来上がったのは、殿様と姫様の鮮やかなお雛様人形であった。

それを食い入るように見ていた佐奈だが、「はい、どうぞ」と千晶から手渡されたとたん、ビリッと引き裂いた。わずかに千晶の口元が歪んだが、じっと我慢して、

「——ごめんね。もしかして、お父っつぁんとおっ母さんを思い出させちゃった？」

と慰めようとした。が、佐奈はそのまま庭に降りるや、何段かの棚に並べられている鉢の植木を引き抜いたり、投げ落としたり、叩きつけたりして暴れた。

「やめなさい、佐奈ちゃん。それは、和馬様のお父様が大切にしていたものなのよ。酷《ひど》いじゃないの」

千晶はたまならくなって立ち上がり、

「こんなことして何になるの。自分でも気持ちが余計にくさくさしてくるでしょ」

と声を張り上げた。

だが、佐奈は止める様子はなく、さらに鉢植えを倒していった。

「佐奈……」

声をかけたのは、和馬の方だった。

薄い色の三毛の子猫を掌《てのひら》に包むように持っている。まだ生後一ヵ月くらいであろうか。ミイミイと母親の乳を探すかのような仕草をしている。

その猫を見た佐奈の表情が、微《かす》かに動いた。慈愛が滲み出た目になって、佐奈はそっと手を差し出してきた。和馬は小さく頷きながら、子猫を手渡しながら、

「気に入ったか。可愛いだろう。野良の迷い猫だがな」

佐奈は大切そうに腕の中に置いて、優しく頭を撫でた。

「――やはり女の子だねえ……佐奈ちゃん、この子猫に名前をつけようか……何がいいと思う？　薄三毛猫の雌だから……」

千晶が話しかけていると、佐奈が突然、子猫の首を絞めた。ギュッと妙な鳴き声を洩らして、子猫は目を剝いた。

次の瞬間、千晶はパシッと佐奈の頬を叩いていた。佐奈はぐらりと揺れて、地面に

倒れ伏した。その寸前、思わず手を放した子猫を受け止めてから、千晶はさらに強い声で言った。

「何をするの！　可哀想じゃないの！　これでもちゃんと生きてるのよ！」

地面に倒れたまま、佐奈はじっと睨みつけるように千晶を見上げた。その射るような目つきには、子供らしさなど微塵《みじん》もない。

「お父っつぁんもおっ母さんも生きてた」

ぼそりと佐奈が呟いた。その言葉に、千晶はハッと我に返って、

「御免ね、佐奈ちゃん……私が悪かった。叩くことなかったよね、御免ね」

と近づいて抱き起こそうとした。だが、振り払って何処かへ逃げようとした。それでも、千晶は今度は逃がすまいとばかりに、強く抱きしめた。無言のまま抗《あらが》う佐奈の顔には、どうしようもない怒りが満ちていた。

「どうしたらいいの、佐奈ちゃん……ごめんね。もう叩いたりしないから、本当に許してちょうだい、ねえ、佐奈ちゃん」

必死に暴れようとする佐奈だが、大人の千晶の力には敵《かな》わない。しだいに、動きが鈍くなって、両肩を落としてしまった。

「――御免ね……」

千晶がもう一度、言ったとき、和馬も佐奈の頭を撫でながら、

「俺の娘になるか。娘にしちゃ、ちと大きいけど、見た目は丁度いいだろう」

「…………」

「そんでもって、お父っつぁんとおっ母さんさんの仇討《あだう》ちをしてやる」

「仇討ち……」

「悪いことした奴は裁かれなきゃ、いけないんだ。裁く……分かるかい」

佐奈は小さく頷くと、和馬は優しく微笑んで、もう一度、頭を撫でた。


その夜、町中が寝静まった頃――。

足音も立てずに、頬被りをした吉右衛門が屋敷の中に入ってきた。表門は盗っ人に入って下さいとばかりに、閂《かんぬき》も外したままであった。抜き足差し足で進む先には蔵がある。勝手知ったる邸内を廻ってくると、「アッ」と吉右衛門は立ち竦んだ。

いつの間に来たのか、万蔵を先頭に数人の一味が闇に潜んで待っていた。

「噂に聞けば、当主は惜しげもなく、貧しい者たちに金を恵んでいるそうだな。自分は無役だというのに」

「――らしい、ですな……」

「そんな奇特な旗本から盗もうなんざ、爺さん……ちょいと残酷じゃねえか」

「さあ、どうでしょう。人には表の顔と裏の顔がありますからな」

「表と裏……」

「はい。私はね、ダテに歳を食っただけじゃなくて、世間の隅々まで見てきましたから、大体のことは分かります」

「ふん。そうかい……」

「商人の顔をしながら、酷いことをしている者も多いですからね。何処の誰兵衛《だれべえ》とは言いませんが」

「奥歯に物が挟まるような言い方をするんじゃねえやな」

「てか……こんな話をしてるどころじゃありやせんよ」

吉右衛門は蔵の前まで行くと、錠前に鍵を差し込んで開けた。あまりにもあっさりと開けたので、万蔵は驚いたが、吉右衛門はニンマリと微笑んで、

「事前に盗んでただけです。さあ」

と開けようとした。すぐに子分たちが来て重い扉を開けると、中には千両箱がどっさりと積まれていた。

「おおっ――！」

誰とはなく声を上げて、子分たちが中に押し入った。

「急げッ」

万蔵は辺りを見廻しながら命令したが、吉右衛門は万蔵ひとりを外に残して蔵の扉を手際よく閉めてしまった。そして、錠前を掛け直して、中から出られないようにしたのだ。

「⁉——何をしやがるッ」

驚いた万蔵が、吉右衛門に突っかかると、ひょいっと避けて足払いをかけた。つんのめって、扉にぶつかりそうになった万蔵は俄《にわか》に凶暴な顔に変わり、匕首を抜き払った。

「爺イ。妙な奴だとは思ってたんだ」

「気付くのが遅かったようですな。というか、のこのこ来るとは、さすがは〝木枯らしの万蔵〟……誰よりも欲深い」

「罠に嵌《は》めたのか」

「あんたのように年季の入った盗っ人てのは、どんなに金を貯め込んでも、目の前に金をちらつかされたら、ついつい盗んでしまうんですよ。ええ、それも世間から学びました」

「うるせえ、爺イ！」

さらに匕首で突きかかろうとしたとき、小柄《こづか》が飛んできて、万蔵の腕に当たった。落とした匕首を拾おうとしたが、その顔面が蹴り上げられた。鈍い音がして、仰向《あおむ》けに倒れた万蔵の腹を踏みつけて、

「悪かったな、万蔵。そういうことだ」

と唾棄《だき》するように言ったのは、岡っ引の熊公だった。

その後ろから北町同心の古味が、ぶらぶらと歩いてきながら、

「ご隠居、ご苦労だった」

と労《ねぎら》いの声をかけると、ドッと御用提灯《ちょうちん》を掲げた捕方が三十人ばかり押し寄せてきた。地面に倒れたままの万蔵が、眩《まぶ》しそうに提灯の灯りを見上げると、

「いやあ、こんな大物をお縄にできるなんて、久しぶりだ。熊公、逃げられないように、もう一発、ぶちかましておけ。なに、人殺しに遠慮はいらねえ」

と古味は命じた。

熊公は元は力士だっただけあって、引っ張り起こしてバシッとテッポウを食らわすと、さしもの万蔵も一瞬にして気を失った。

「なんだ、どうした」「何が起こったんだ」「おい、真っ暗で見えないじゃねえか」

蔵の中では、陥《おちい》った事態に右往左往しているであろう子分らの姿が、手に取るように分かった。蔵の前に集まった捕方は、扉を開けるなり飛び込んで一網打尽《いちもうだじん》にするのであった。

満足そうに見ていた吉右衛門だが、騒ぎに気付いた和馬は寝惚《ねぼ》け眼《まなこ》で雨戸を開けて出てきた。ぼんやりと見ていたが、

「──吉右衛門……何があったのだ……」

と目を擦《こす》りながら訊いた。

「ご覧のとおり、盗賊を蔵に押し込んだのです」

「バカだなあ。空っぽなのになあ」

「本当に、間抜けな奴がいたものです。こいつらが、銀座を襲った〝木枯らしの万蔵〟一味だってんだから、大笑いです。あ、そうだ、殿様も、お手柄かもしれませんよ」

すっ惚《とぼ》けて笑う吉右衛門を、和馬は不思議そうに見ていた。その隣には、佐奈と手を繋いでいた千晶も並んだ。

「おやおや。千晶さんまで……」

吉右衛門が微笑みかけると、手を振りながら和馬は必死に、

「違うんだ。これには事情が……おまえも知ってるだろう。佐奈のことでな、千晶さんがいないと眠れないというので、ほら」

「分かってますよ。うほほ」

吉右衛門は頷いて、必死に抵抗する盗賊一味をお縄にする捕方たちの姿を、じっくりと見物しながら呟いた。

「これで、栄五郎の疑いも晴れた……というところかのう」

八

大番屋まで連行された万蔵は、吟味方与力《ぎんみかたよりき》の藤堂《とうどう》に取り調べられた。子分たちは捕縛されてすぐ、〝未決囚〟として伝馬町牢屋敷に留め置かれた。

お白洲代わりの土間に、後ろ手に縛られたままの万蔵は始終、苛々《いらいら》と体を動かしていた。隙あらば逃げようという魂胆かもしれぬ。これまで一度も捕まったことがないから、己が置かれた状況が不安なのであろう。

少し離れた所には、呼び出された銀座の番頭、八十兵衛もいた。事件について問い質《ただ》すためである。

壇上から藤堂が声をかけた。いかにも謹厳実直そうな与力である。

「長年、江戸を騒がせていた〝木枯らしの万蔵〟に違いないな」

「――あ、いえ……違います」

万蔵は俯《うつむ》いたまま、首を横に振った。

「往生際《おうじょうぎわ》が悪いぞ。子分たちはすべて認めておる」

「子分？ 誰のことでしょうか」

「無駄な足掻《あが》きはよせ。先般、銀座に押し込んだことも、子分たちは認めた。盗っ人宿としていた船宿も検《あらた》めたが、主人をしていた峰吉《みねきち》というのも、おまえの子分だと正直に申し開きした」

「はて……あっしには何のことだか……」

「あくまでも白《しら》を切るか」

藤堂は険しい口調になって、扇子の先で床を叩いた。

「万蔵でないというならば、本当の名と素性を申してみよ」

「へえ……あっしの名前は小吉《こきち》。上州《じょうしゅう》は新田郡《にったごおり》の小さな村の出で、川船船頭などをやっておりました。今は、あちこちでしがねえ日雇いの人足暮らしを」

「よくも出鱈目《でたらめ》がついて出るものだ。おまえが誰であるかは、子分たちの話をもとに、すでに調べておる。たしかに万蔵というのは虚名だが、船橋《ふなばし》の漁師の倅《せがれ》で、その昔は親殺しまでしたらしいな」

「！………」

一瞬、表情が強張った万蔵を、藤堂はじっと睨みつけて、

「世の中には残虐な人間というのが、少なからずいるものだな……銀座に押し込んだときも、夫婦を殺すことはなかったはず。だが、無慈悲に殺した。娘の前でな」

「娘……？」

「さよう。銀座には佐奈という一人娘がおり、おまえたちの様子を一部始終見ていたのだ。丁度、屏風《びょうぶ》の陰になって見えなかったのだろうが、あの場にいたのだ」

「あの場に……」

万蔵は気まずそうに項垂《うなだ》れた。

「おまえたちの非道に怯え、心がすっかり病んでおる。だが、旗本の高山様の尽力により、その娘をこの場に連れてくることができた。証言をさせるためにな」

「………」

唸るような声を洩らした万蔵だが、容赦せぬという顔つきで、藤堂は睨みつけ、蹲《つくば》い同心に向かって合図をした。

するると、控えの間から、和馬が佐奈の手を引いて出てきた。

「――佐奈ちゃん……ご無事でしたか。よかった……ああ、よかった」

思わず声をかけた八十兵衛の声は、半ば涙声であった。だが、佐奈の顔はまだ仮面のように固かった。大番屋という場所柄も、子供には怖いに違いない。

「大丈夫だぞ、佐奈。恐れることはない。さっそくだが、おまえが見たことだけを訊きたい。辛ければ話さずともよいぞ」

藤堂に声をかけられると、佐奈は余計に緊張したのか体が小刻みに震えた。和馬はその手をそっと握りしめ、耳元に「大丈夫だ、俺がついてるからな」と囁いた。そして、仇討ちをしてやるからな、と付け加えた。

そんな様子を、万蔵は不安げな目で見上げていた。

「佐奈……おまえのお父っつぁんとおっ母さんを殺したのは、この男かね」

優しい声で藤堂が訊くと、しばらく佐奈は万蔵の顔を食い入るように見てから、

「――違う……」

と首を横に振った。同じことを二度、繰り返した。

「この男ではない……のか？」

小さく頷く佐奈の姿を見て、万蔵は俄《にわか》に苦笑を浮かべて、

「ほれみろ……俺は、そんな大それたことができる人間じゃねえよ」

　と強気になって言ったが、藤堂は淡々と続けた。

「もう一度、訊くぞ、佐奈。この万蔵をおまえが見たのではないとすると、一体、誰を見たというのだ？」

「…………」

「大丈夫だ。正直に言いなさい」

　藤堂が水を向けると、佐奈はまた小さく頷いて、ゆっくりと腕を上げ、土間に座っている八十兵衛を指さした。

　意外なことに驚いた八十兵衛は、目を丸くして、

「なんてことを……」

　と思わず声を洩らしたが、佐奈はじっと見据えたまま、ハッキリと言った。

「お父っつぁんとおっ母さんを殺したのは、この人です……八十兵衛です。うちの番頭の八十兵衛です」

　名指しされた八十兵衛は困惑ぎみに、

「こんな所で冗談はやめて下さい。佐奈ちゃん、なんで、そんなことを……」

「おっ母さんがしがみついて、頰被りを取りました。それは、八十兵衛でした。私、

見てました、屏風の後ろから」

佐奈は揺るぎない目を向けて話したが、八十兵衛は狼狽《ろうばい》しながらも、

「馬鹿なことを言っちゃだめですよ、佐奈ちゃん。なんで、私がそんなことを……」

と言いかけると、今度は万蔵の方がゲラゲラと大笑いして仰《の》け反《ぞ》った。

「そういうことか……ハハハ。あの吉右衛門とかいう爺イ、すべてを百も承知で芝居を打ちやがったんだな」

藤堂がどういうことだと訊くと、万蔵はすっかり居直った態度で、

「ま、そういうことだ与力様。お縄になった上は、俺も〝木枯らしの万蔵〟と呼ばれた大盗賊だ。ガキの頃から踏み入れた盗っ人稼業も今日限り。この世の見納めに、とっくりとそいつの悪事を語ってやらあな」

と八十兵衛がしたことを縷々《るる》話し始めた。

「事《こと》の発端は、栄五郎ってえ奉公人が、番頭八十兵衛の使い込みを暴いたことから始まったんだ。栄五郎って奴は、実は……ほんの一時だが、俺の子分だったことがある」

「まことか」

不審げに藤堂は聞き返したが、万蔵はすぐに頷いて、

「疑うなら当人に訊いてみるがいいやな。だが、栄五郎は妙に正義感があって、弱い者苛《いじ》めは嫌《いや》だとばかりに、盗っ人からは足を洗って、人足寄場を経て、上手《うま》い具合に銀座に入った。育ての親が良かったからだろうよ」

「そうらしいな」

「ところが栄五郎は、まっとうな銀座のはずが、奉公人の給金の上前を撥《は》ねる形で、番頭の八十兵衛がてめえの腹を肥やしていたことを知った。だが、それを咎めることはしねえで、銀座当主の日向屋善兵衛に訴え出て、『八十兵衛の不祥事を世間にバラして欲しくなかったら、奉公人の給金を上げろ』と脅したんだな、これが」

「脅した……」

「だが、善兵衛は言うことを聞くどころか、八十兵衛のやったことを揉み消して、栄五郎を辞めさせようとした。しかし、そのことを世間に訴えても、栄五郎は分《ぶ》が悪い。だから、奉公人たちが安く扱《こ》き使われて、主人や番頭だけが、のうのうと暮らしているってえことを暴いて、自分たちの正義を表に出した。そのことで、善兵衛たちをやっつけようと、奴は筋書きを作ったんだ」

まるで自分が画策したかのように、万蔵は話し続けた。

「奉公人たちは栄五郎の話に乗って、思いがけず大騒動になった。このままでは、善兵衛はお上に咎められ、八十兵衛も番頭を辞めなければならない。いや、下手《へた》すれば公金を私腹したことになって、お縄になる」

「であろうな」

「へえ。だから、八十兵衛は一計を案じて……俺に相談に来たんでさ」

万蔵がチラリと横を見ると、八十兵衛は思わず、「黙りなさいッ」と強く言った。

その様子を見ていた藤堂は、一瞬だけ八十兵衛を睨みつけて、

「勝手に話すでない」

と制してから、万蔵を促した。

「八十兵衛に、何を相談されたのだ」

「このままでは自分の身が危うい。奉公人がこぞって勤めを休んでいるから、その隙に銀座の金を盗んでしまおう……そう誘ってきたんでさ。銀座の様子は色々と聞いてやしたから、ふたつ返事で請け負いましたよ」

自慢げに万蔵は話したが、藤堂には大きな疑問があった。

「おまえと八十兵衛は、なぜ知り合いなのだ」

「知り合いってほどじゃないですよ……ですがね、前々から、何処の大店にどれだけ金がある、なんて話を耳に入れてくれてたのは、八十兵衛でしてね」

「元々、その八十兵衛こそが、〝木枯らしの万蔵〟だったんですよ。堅気《かたぎ》になって銀座の番頭として潜《もぐ》り込んで、あっしは二代目ってことです」

「なんだと」

「まことか……」

藤堂の眉間に皺が寄ると、八十兵衛は怒鳴るように、

「出鱈目《でたらめ》を言うな！　与力様。こんな盗賊の言うことなんぞ、信じてはなりませぬ！」

と憎々しげに睨んだ。が、藤堂は首を左右に振りながら、静かに言った。

「身共《みども》が信じているのは、佐奈の言ったことだ……この娘の二親を殺したのは、おまえであることは間違いあるまい」

険しい声で藤堂が詰め寄ると、和馬は得心したように、

「なるほど、そういうことか」

と声を挟んだ。

「うちの吉右衛門が栄五郎を連れてきたとき、色々と話を聞いて、立場の弱い者が悲惨な目に遭っていることを、篤《とく》と承知した。俺も可哀想な者たちには、ついつい情けをかけるが、栄五郎たちはそうでもないと思っていた」

「――どういうことです？」

藤堂が訊くと、和馬は八十兵衛の方を向き直り、

「奉公人が寄ってたかって、善兵衛を吊し上げているように見えたのだ」

「吊し上げる……」

「たしかに、善兵衛や八十兵衛たちのやり口は悪いかもしれないが、奉公人たちの中には乱暴者もいて、今般のことが引き金となって、善兵衛を襲って殺したのかも……と思っていたのだ」

「だからこそ、栄五郎が疑われたのです」

「さよう。しかし、そう仕向けたのも、八十兵衛……おまえだったってことだ。自分が盗賊の頭だったことは棚に上げて、栄五郎の昔のことをあげつらい、如何《いか》にも主人を襲ったように思わせたのだからな」

「違う、私は……」

また八十兵衛は言い訳をしようとしたが、佐奈の射るような目を見て、押し黙ってしまった。子供の純粋な瞳に、さしもの盗賊の心も痛んだのであろうか。背中を丸めると、八十兵衛は消え入る声で言った。

「――黙って鍵を渡してくれれば良かったんだ……主人は私のことを、さほど信頼し

ておらず、蔵の鍵は自分が保管していた……この二代目万蔵との腐れ縁を、私も結局は断つことができなかった……そのことを、主人は薄々勘づいてたのか、私への締めつけも厳しくなってきた……だから、殺したんだ」

最後の方はハッキリと強く言った。

「善兵衛に何もかも奪われては、たまらないからな」

「そのために、奉公人の騒動を利用したというわけだな……その上で、栄五郎を下手《げしゅ》人《にん》に仕立てようとした」

藤堂が念を押すように訊くと、八十兵衛はガックリと項垂れて、

「お内儀に顔を見られたので殺したが……まさか、娘にまで見られていたとはな……一生の不覚だ。ふはは……」

と言って、すべてを認めた。

北町奉行の遠山左衛門尉景元と評定所の裁断により、八十兵衛と万蔵は打首の上、獄門《ごくもん》。子分たちは終生遠島となった。

銀座は当主が新たに勘定奉行により選ばれ、栄五郎たちの要望どおりの境遇が受け容《い》れられた。奉公人たちも従前どおりに、真面目に働くようになった。が、これ以降も時に当主に交渉しながら、自分たちの苦境を訴えていく慣わしが続くことになる。

佐奈は当面、吉右衛門が預かっていたが、栄五郎が自分の娘として育てることにした。かつて、自分が義父に世話になったように、面倒を見ることにしたのである。心の奥底に、

——俺たちの騒動のせいで、二親を亡くした。

という負い目もあったからだ。

この一件の後、和馬は小普請《こぶしん》旗本として、あるいは〝お救い奉行〟の手下として、江戸市中を出歩いては、雇い主に酷い目に遭っている奉公人を探した。そして、労使の間に入っては、円満な解決のために厄介事を請け負うようにもなったのである。

これが〝太子講〟という賃金交渉の巨大化に繋がったことは、語るまでもない。

第二話　閻魔《えんま》の耳

一

世の中、苛《いじ》めがなくなることはない。

害を加える者は、さほど悪いことをしているとは思っておらず、ふざけているだけだと言い張る。害を受ける側も、初めはちょっとした冗談だと感じている。だが、苦痛を感じ始めたときには、心も体も苛めから逃げ出せないようになっているのだ。

謙吉《けんきち》の場合もそうだった。十三歳になった頃から、つるんでいた悪ガキ一味の間で、何となく浮いた存在になった。

——足抜けしたい。

と兄貴分の銀三《ぎんぞう》に相談したところ、許されるどころか、仲間の弥七《やしち》と又五郎《またごろう》とともに〝私刑〟に遭ったのだ。

「何様のつもりだ、ええ！　俺たちから逃げようたって、そうはいかねえんだよ」

銀三はもう二十半ばだが、謙吉のような不良の子供を集めて、強請《ゆすり》や騙《かた》り、時には暴力を振るって金品を巻き上げさせていた。背後には地廻りのやくざがいるので、脅された素人衆《しろうとしゅう》は泣き寝入りすることが多かった。

そのせいか、銀三も付け上がり、町方役人など恐れる様子もなく、町のならず者として悪名《あくみょう》を知られていた。

謙吉が袋叩きにされたのは、ある小間物屋を脅して金を奪おうと命じられたのを断ったからだ。店の看板娘に惚《ほ》れているからだが、そのことが余計に銀三の逆鱗《げきりん》に触れた。

「ガキのくせに色気を出すんじゃねえぞ、こら！　こうしてやるぜ」

子分たちに押さえつけさせた謙吉の髻《もとどり》を匕首《あいくち》で切り、ジャリジャリと髪の毛を切り始めた。さらに、剪定鋏《せんていばさみ》を持ってきた弥七は、前髪も切り落とし、適当に短く刈り込んで無惨な頭にしてしまった。

下手《へた》に逆らうと刃物で刺されるかもしれない恐怖で、なされるがままの謙吉だった。

さらに、抵抗できない謙吉を、銀三たちは好き放題に殴る蹴るしていた。仲間内の喧嘩ほど、本気になると節度を弁《わきま》えない。

今にも昏倒《こんとう》しそうになったとき、通りかかった老体が声をかけた。

「これこれ。多勢に無勢とは卑怯《ひきょう》ですぞ」

吉右衛門である。よたよたと歩いてきながらも、目つきだけは険しい。

「何をしとるのかね。ああ……おまえたち、あの悪ガキどもか」

「だったら、どうした。とっとと行きな。でねえと、爺《じじ》イだからって容赦しねえぞ」

「これは相すみません。しかし、それ以上やると死んでしまいますぞ。人殺しになってしまっては、親子さんのみならず親戚一党にも迷惑がかかります。もうやめなされ」

「うるせえ。俺たちゃ、どうせ天涯孤独なんだよ、ばーか」

「だったら尚更《なおさら》、良いことをして世間様に好かれるようにしないとね、ますます弾《はじ》き者にされますぞ」

吉右衛門が説教じみてくるので、銀三は攻撃の的《まと》を移して、

「黙って聞いてりゃ……俺たちが怖くねえのか」

と匕首を見せつけて近づいてきた。

「そりゃ怖いですよ。でも、目の前に殺されかかった人がいるのに、見て見ぬふりす

るのも、なんなんでねえ」

「ふざけやがってッ」

銀三は脅すつもりなのか、匕首の切っ先を向けて吉右衛門の胸の辺りを突いてきた。

だが、吉右衛門は微動だにしなかった。匕首はぎりぎり心《しん》の臓《ぞう》の一寸先の所で止まった。

「避けることもできねえのに、偉そうに言うんじゃねえ。ちびってるんじゃあるめえな」

「はい。近頃、とんと小便の切れが悪くて」

「てめえッ。ちったあ痛い目に遭いやがれ」

シュッと鋭く銀三は吉右衛門の肩口辺りを切ろうとした。だが、吉右衛門はよろりと体を傾けると、銀三は勢い余って、そのまま掘割《ほりわり》に落ちてしまった。

──ドボン！

見事なまでに良い音がして、美しい水の輪が広がっている。

「おやおや。桜が咲き始めたとはいえ、まだまだ水は冷たい時節なのに、さすが若い人は元気ですなあ」

「爺イ、てめえ！」

掘割で立ち泳ぎをしながら叫ぶ銀三の姿に呼応して、弥七と又五郎が吉右衛門をとっ捕まえようとした。が、軽く足をかけられただけで、同じように掘割に落ちた。

「いやあ、元気、元気。若者はそうでなきゃなあ」

吉右衛門は掘割で泳ぐ三人に背を向け、謙吉の側《そば》に近づいたが、昏倒したまま仰向けに倒れている。顔も青痣《あおあざ》ができて、痛々しく腫《は》れ上がっていた。

「よく、こんな酷いことをするなあ……」

通りかかった駕籠《かご》を呼び止め、高山の屋敷まで運ばせた。

手当てを受けている謙吉も、どこか心を閉ざしたような少年で、

「誰も助けてくれなんて、頼んでねえや」

と、ふて腐《くさ》れていた。

傍《かたわ》らで見ている和馬は、少しばかり迷惑そうな顔で、口にこそ出さぬが、

——また余計な者を連れ込んで来て……。

と思っていた。

その心の裡《うち》を察したのか、怪我の手当てをしながら、吉右衛門は言った。

「人助けは、和馬様の本分ではないですか」

「悪いとは言わぬがな……俺は、本当に困っている人を助けるのだ。理不尽に辛い目

に遭ってるとか、悲しみのどん底にある人とか、自分ではどうしようもない不幸に陥《おちい》っているとかのな」

「この謙吉もそうだと思いますがね」

「自業自得《じごうじとく》だろう」

「誰であれ、こんな目に遭っていい人なんて、おりませんよ」

「まあ、そうだが……それより、銀三といえば深川界隈で知らぬ者がいないほど、タチの悪い奴だ。吉右衛門、おまえ、よく無傷でいられたなあ」

「はい。運が良かっただけです」

「いや、おまえは本当は何者なのだ。武芸にも秀い出ており、学問もかなりしているようだ。間抜けのふりをしてるがな、そういう奴に限って油断ならぬ」

「おっしゃりとおり、人を見かけで判断すると、痛い目に遭いますぞ」

「でもな、人を疑いの目だけで見るのも心が苦しくなる。吉右衛門……おまえの心根が優しいのはよく知っておるが、かような救いようのない者にまで情けをかけるのは、如何《いかが》なものかな」

「救いようのない人……なんてのも、おりませんよ」

そんなやりとりを見ていた謙吉は、助けてくれたにも拘《かか》わらず、迷惑そうに、

「痛えじゃねえか……手当てするなら、ちゃんとやれよ」

　と苛《いら》ついて言った。

　思わず和馬は文句を垂れようとしたが、吉右衛門は目顔で制して、

「すまない、すまない。人の痛みってのは、なかなか分かるもんじゃないからな」

「え……」

「同じ怪我をした者は同情するが、痛みは意外とすぐ忘れるものだしのう」

「何が言いてえんだよ」

　舌打ちした謙吉の腹がグウッと鳴いた。吉右衛門はニコリと笑って、

「分かる分かる。腹が減ると腹が立つものだ」

「うるせえ」

「丁度、米が炊《た》けた頃だし、煮っ転がしもできてる。鯛《たい》の粕《かす》漬《づ》けもあるから、食っていきなさい。よければ、しばらく泊まっていってもよいぞ。でないと、またぞろ、あいつらに見つかって殺されかねんからのう」

「殺される……」

「その前に、この髪をどうにかせにゃならんのう……ザンバラで汚いからな、いっそのこと、丸坊主にするか」

半ば強引に吉右衛門は、ズタズタになっている髪の毛を整え、ほとんど丸刈りに近い状態にしてやった。

そのとき、ガヤガヤと小さな子供らが数人、駆け込んで来た。近くの火除《ひよ》け地で遊んでいた子らだが、昼飯時《どき》になるとよくやってくる。それを見越して、吉右衛門は毎日、多めに作っているのだ。

「ご隠居さん。今日のご飯はなんだい」

いつも真っ先の声をかけてくる子がいる。すぐさま吉右衛門は答えた。

「鯛の粕漬けと芋の煮っ転がしだ」

「なんだ、つまんねえなあ。おいら、秋刀魚《さんま》の焼いたのがいいや」

「秋刀魚の時節じゃないよ」

「だったら、鯨《くじら》の揚げたのくれよ」

「そりゃ豪勢だなあ。江戸には廻ってきてないかもしれないなあ」

「んじゃ、鶏《にわとり》を絞《し》めて食わしてくんろ」

「裏庭にいるが、可哀想《かわいそう》じゃないか」

などと、たわいもない話をしながら、子供たちは当たり前のように厨房に集まって、食台の前に座るのだった。

「──こいつらは……爺さんの孫かい」

「うんにゃあ。近所の子供たちだ。親は仕事に出てて、昼間は長屋にいないから、毎日のように、こうして食わせてやってる」

「へえ……余所《よそ》の子らにか」

「町内の子だ。余所の子じゃないよ」

　吉右衛門は当然のように言って、ご飯は順番に自分でよそえと子供らに命令した。子供らは素直に従って、お互いが譲り合いながら、差し出された食べ物を、実に美味《うま》そうに口にするのだった。

　わいわいがやがや、楽しそうに子供らが食べている姿を見るだけで、吉右衛門はほっこりするものがあると目尻を下げた。

「ほら、おまえさんも食べなさい」

　勧められるままに、空腹だった謙吉は子供らに混ざって箸《はし》を摑んだ。それを見ていた女の子のひとりが、

「変な箸の持ち方。こうやるんだよ」

　と見本を見せた。

　謙吉の箸の持ち方は確かに少しおかしく、筆を摑んでいるような感じで、箸先が交

差していた。まるで幼子のような握り方なので、子供らは声に出して笑った。

だが、謙吉は怒るどころか、苦笑《にがわら》いで、

「そうだな。ちゃんと教えてくれる親がいなかったからな。おまえたちは幸せ者だ」

と優しい声で言った。

その様子を見て、吉右衛門は少し安心した。根っから腐ってはいないと感じたのだ。

——ひねくれたふりはしてるが、何とかしてやりたいものだなあ。

吉右衛門は真剣に、悪い縁を絶ってやりたいと思っていた。

だが、思惑《おもわく》は大きく外《はず》れ、とんでもない事態に陥った。謙吉を屋敷内に留めておこうとしたのだが、姿を消していた。

二

その翌日のことである。

富岡八幡宮の境内の裏手で、大きな悲鳴が起こった。

——すわっ。何事だ！

表参道を見廻っていた古味覚三郎と熊公は、声のする方へ一目散《いちもくさん》に駆けた。

すると、そこには大木に寄りかかるように仰向けに倒れている銀三がおり、馬乗りになるような格好の謙吉がいた。その手には匕首が握られており、銀三はもう意識がほとんどなく、瞼《まぶた》がピクピク動いているだけであった。

「おまえは……おい。何をしてるんだッ」

古味が駆け寄ろうとすると、ハッと振り返った謙吉は、匕首を放り投げて、さらに裏手の方に韋駄天《いだてん》走りで逃げた。

「熊公、追え！」

命じた古味は、銀三に駆け寄ったが、もう虫の息で、しっかりせいと声をかけたとたんに、悶絶して息絶えた。

「おい……とんでもねえことを……」

古味にはすぐに分かった。

謙吉は銀三の子分みたいなもので、地廻り同然に深川は自分の縄張りとばかりに、悪事を重ねていた。だが、子供のやっていることだし、多少のことは目をつむっていた。古味とて同心とはいえ、付け届けと称した〝用心棒代〟を商家から受け取っていた。

時には、やくざ者からも袖の下を貰うことはある。世の中、綺麗事《きれいごと》ばかりではない。

銀三たちのような悪ガキの手綱《たづな》を引っ張っているのは、やくざ者が多かった。所詮《しょせん》は、日陰者だと、良識ある世間の人々が相手にしないからだ。

「だが、殺しまでやるとはな……ガキの遊びとして見過ごすわけにはいかぬな」

ひとりごちたとき、熊公が戻ってきた。

「奴は、謙吉は」

「逃げ足が速くて、何処にも姿が……」

荒い息で座り込む熊公を見下《みお》ろした古味は、

「だらしない奴だな」

と悪態をついた。だが、このまま逃がしては町方同心として示しがつかない。何がなんでも謙吉を捕まえて、お白洲に突き出さねばなるまい。

銀三の死因は検屍の結果、腹部を数度、刺されたための失血によるものだ分かった。凶器は、銀三自身の匕首である。謙吉と何らかで揉めたため、刺そうとしたら逆に刺されたのだろうと、古味は推測した。

すぐさま、銀三の子分である弥七や又五郎たちを捕らえて、〝鞘番所《きやばんしょ》〟に連れ込み、容赦なく事情を訊いた。

「おまえたちは寄ってたかって、謙吉を殴る蹴るしてたそうだな。何人もの者が見てるんだよ。正直に言え」

古味が責めると、弥七は素直に言った。

「はい……たしかに……でも、俺たちは銀三さんに命じられてやっただけで……」

「言い訳はいい。謙吉は日頃から、銀三を恨んでたそうだな」

「へえ、まあ……」

「どうしてだ」

「そりゃ……足抜けなんざ、しようとするからでさ」

「脅して引き止めようとしても、逆恨《さかうら》みされるのが落ちだぜ」

「分かってます。でも、俺たちだって銀三さんは怖かったから、言うことを聞かないと、何をされる分からねえし」

「てことは、おまえたちも銀三が死んで、ほっとしてるってことか」

「いや、そんなことは……」

弥七は首を横に振りながら、又五郎にも同意を求めるように、

「とにかく、謙吉は近頃、銀三さんに逆らってばかりで、どうせ子分になるなら、梵《ぼん》天《てん》の寅蔵《とらぞう》親分の子分になりたいなどと言ってたくらいだから……」

「梵天の寅蔵……高橋《たかばし》の袂《たもと》に構えてる口入れ屋かい」

「は、はい」

「口入れ屋は表向きで、やくざ稼業みたいなことをしてる輩《やから》だ。謙吉はそいつに可愛がられてたのか」

「可愛がられてたってほどでは……でも、銀三兄イに扱《こ》き使われるくらいなら、寅蔵親分の下で働く方がいいと……銀三兄イもここんところは、何となく寅蔵親分とはしっくりいってなかったし……」

「なるほどな……」

古味は何かを摑んだように頷いてから、弥七と又五郎に向かって、強く言った。

「おまえたちも、しばらくは伝馬町の牢屋敷だな。これまでやった悪さを絞り出してやるから、覚悟しとけよ」

「旦那……そんな殺生《せっしょう》な……」

「殺生なことをしてきたのは、おまえたちだろうが。観念するんだな」

冷たい顔で古味は吐き捨てると、〝鞘番所〟を出て、その足で梵天の寅蔵の店までやってきた。暖簾《のれん》には『大横屋《おおよこや》』と近くを流れる川をもじった屋号があるが、口入れ屋の割りには人の出入りは少ない。

「あ、これは古味の旦那……」

暖簾を潜《くぐ》って入ってくるなり、帳場から寅蔵が声をかけた。いかにも柄《がら》の悪い子分衆が数人、上がり框《かまち》のところでくだを巻いているが、古味の姿を見るとサッと立ち上がった。敬服しているようにも見えるし、すぐにでも逆らえる構えにも見える。

「喧嘩腰だな。とても堅気《かたぎ》の口入れ屋には見えないな」

皮肉を込めて古味が見廻すと、子分衆は一歩前に踏み出た。寅蔵はそれを制して、

「今日はどのような用件でしょうか」

と訊いた。

「——謙吉が来てねえか」

「謙吉？」

「知らないとは言わせないぞ。随分と可愛がってるそうじゃないか」

「ああ、銀三の弟分のですかい」

「その銀三をぶっ殺して逃げてる。おまえが庇《かば》ってるんじゃねえかと思ってな」

「えっ、ええ……?!」

素《す》っ頓狂《とんきょう》な声を、寅蔵は上げた。

「奴が銀三を……そんなバカな。だって、謙吉は、あいつに拾われたんですぜ」

「色々とあるんだろうよ。小耳に挟んだんだが、近頃はあまり銀三とは上手《うま》くいって

なかったようだな」

「どういうことでしょ」

「こっちが訊いてるんだよ。おまえたちは、銀三とその手下らの後ろ盾じゃないか。あちこちで阿漕《あこぎ》なことをして稼いだ金を、吸い上げてるのは、おまえじゃないか」

「まさか。私はまっとうな口入れ屋でございますよ」

「まっとうが聞いて呆れる。困ってる奴に借金を作らせて、その形《かた》に娘を岡場所に売ってるのが口入れ屋か。女衒《ぜげん》ってんだよ」

古味は苛《いら》ついた口調になったが、帳場まで近づき、寅蔵に顔を突きつけると、

「だが、今日はそのことで来たんじゃない。人殺しを探してるのだ。下手《へた》に隠しやがると、おまえも同罪だぞ」

「待って下さいよ。謙吉なんざ、もう何日も来てませんよ、なあ」

寅蔵が子分たちに振ると、みんなはすぐに頷いたが、古味はさらに問い詰めた。

「検屍のときに分かったんだが、銀三は財布を盗まれてた。だが、大した金は入ってねえはずだ。どうせ、すぐに底をつく。そしたら、おまえを頼ってくるはずだ」

「ですから、私たちは……」

「今日のところは、これくらいにしといてやるが、もし訪ねてくるようなことがあっ

たら、すぐに報せるんだ、いいな」

「それは、もちろんです」

「嘘をついても無駄だぞ。表にも裏にも、熊公ら岡っ引を張り付けておくからな。庇ったら承知しないぞ」

古味は脅しをかますと、寅蔵を睨みつけて立ち去った。とたん、子分たちはざわついたが、寅蔵も奥歯を噛みしめて、

「虫酸《むしず》が走るぜ。おい、塩を撒《ま》いとけ」

と忌々《いまいま》しげに命じた。

その夜、遅くなって、何処から忍び込んで来たのか、謙吉が『大横屋』に入ってきた。裏庭に潜んでいるのを、厠《かわや》に出てきた寅蔵が気配を察して見つけた。

「――親分……寅蔵親分……あっしでさ、謙吉でござんす」

ひそめた声をかけると、寅蔵は振り向いて、頰被《ほおかむ》りをして物陰に隠れている謙吉の姿を見やった。

「おまえか。何処を逃げ廻ってた」

「助けて下せえ。俺は銀三兄貴を殺したりしてませんぜ」

「ああ、分かってる。だがな、町方のやろうが、その辺をうろついてるはずだ。さあ、

上がんな。外は寒いだろう」

「ありがとうございやす」

恩に着るような目になって、近づこうとすると、子分のひとりである政吉《まさきち》というのが、思わず声を張り上げた。

「謙吉、とんでもねえことをしやがったな」

「こりゃ、政吉さん……」

「おまえのお陰で、親分は迷惑を被《こうむ》ってる。俺がついてってやるから、畏れながらと番屋まで行くぜ」

「ち、違う。俺は本当に殺しなんざ、してねえんだ」

「お上《かみ》に報せねえと、俺たちまで隠した咎《とが》で、しょっ引かれるんだよ」

「お願いです。聞いて下せえッ」

謙吉は頬被りを取ると、必死に縋《すが》るように土下座《どげざ》をして言った。その坊主頭を見て、寅蔵は驚いた顔になって、

「おまえ、頭まで丸めたのか」

「いえ、これには色々……とにかく、本当に俺は何もしちゃいねえんです。銀三兄貴には感謝こそすれ、恨みなんかねえ。本当です、ちゃんと聞いて下さいやし……」

切実なまでに訴えた謙吉の話はこうだ。

前日、銀三と喧嘩になったので、謝《あやま》りに行こうとしていた途中、富岡八幡宮の裏手で銀三が誰かと揉み合っている姿を見かけた。すでに、銀三は刺されており、相手はその懐《ふところ》をまさぐっているように見えた。

思わず謙吉は「おい！」と声をかけると、相手は振り返りもせずに、そのまま走って逃げ去った。銀三に近づいたとき、謙吉は腹に突き刺さっている匕首を、どうしてよいか分からなかったが、あまりにも痛がっているので、抜いてしまった。

そのとき、虫の息の銀三は、

「——こ、これを……た、頼む……」

とだけ言って、血濡れた手で財布を差し出した。

今し方、懐《ふところ》をまさぐっていたのは、この財布かと思って、謙吉はすぐに受け取って仕《し》舞《ま》うと、銀三は安堵したように目を閉じた。揺り起こそうとしたとき、古味たちが大声を上げながら近づいてきたのだ。

「俺のことを下手人《げしゆにん》扱いしやがるので、思わず逃げたんでさ。本当です。誰か知らないが、下手人は別にいるんです」

懸命に訴える謙吉の全身は、寒いのに汗だらけだった。

「そいつの顔を見たのかい」

寅蔵が訊くと、謙吉は首を左右に振って、

「まったく……」

「じゃ、何処の誰か分からないんだな」

「へえ……でも、侍《さむらい》じゃねえ。ふつうの町人だったと思います」

「銀三に渡された財布ってのは」

「ここに持ってます」

謙吉が懐を叩いてみせると、寅蔵はすぐに表情が変わって、

「見せてみな」

と言った。素直に従おうとしたときである。

「御用だ、御用だ！」

裏木戸をぶっ壊すような勢いで、熊公が押し入ってきた。他にも六尺棒を手にした捕方も十人ばかりいる。刺股《さすまた》や袖絡《そでがら》みなどの用具も揃えている物々しさだ。

「寅蔵！　てめえ、やっぱり匿《かくま》ってやがったな！　言い逃れはできねえぞ！」

熊公が怒鳴りつけると、寅蔵はやくざ者の地金が出たのか居直って、

「汚ねえぞ、てめえ。この謙吉が入ってくるのを見てて御用に来やがったな」

「それがどうした。この際、おまえたちの阿漕《あこぎ》なことも、洗いざらいお天道様《てんとさま》の下に晒《さら》してやるから覚悟しやがれ」

大きな体を揺すりながら、寅蔵に突進した熊公だが、政吉が横合いから長脇差《ながどす》を打ちかけた。すんでのところで避けたが、熊公の肩口が少しばかり切れた。カッと血が昇った熊公は、

「これで、てめえは島送りだな。絶海の孤島で野垂《のた》れ死にしやがれ」

と四股《しこ》を踏む格好からテッポウを打ちつけた。

政吉は吹っ飛んだが、他の子分たちもドッと出てきて大乱闘になった。怪我人が何人も出るほどの大捕り物になって、寝静まっていた夜に怒声が轟《とどろ》き渡った。

その騒ぎの中——謙吉の姿だけは、いつの間にか消えていた。

三

一晩過ごした下水溝に、膝まで足を浸りながら、頬被りの謙吉は逃げていた。

何処か遠くでは、「逃がさぬぞ、こら！」「観念せい！」「探せ、探せ！」などと物々しい声が聞こえており、呼び子や刀をぶつけ合うような音もしている。

「――まずい……やばいことになった……」

ぶるっと体が震えて、謙吉は当てもなくひたすら逃げていた。このまま深川から葛《か》西《さい》の方へ移り、荷船にでも潜んで上総《かずさ》か下総《しもうさ》の方まで足を伸ばすしかない。

「人殺しにされちまったよ……なんで俺だけ、こんな目に遭わなきゃいけねえんだ……生まれてなんか、こなきゃよかった……」

謙吉は真剣にそう感じていた。物心ついたときには二親《ふたおや》はいないし、誰からも疎《うと》んじられ、楽しいことのひとつもなかった。

なんでか知らないが、子供の頃から、寒い時節になるとガンガンと頭痛がし、喉《のど》が腫れ、胸が痛む。生まれ落ちるとき、母親の腹からなかなか出てこないので、鉗子《かんし》で引っ張り出されたのが原因だという。

――もしかしたら、おまえは生まれてきたくなかったのかもな。

親戚のおじさんに言われた幼い頃のことは、今でも覚えている。謙吉の心は傷ついたが、どうせ誰にも歓迎されない人生ならばと、自分勝手に生きる道を選んだ。いや、そうせざるを得なかったのだ。

隧道《ずいどう》のような天井の低い下水溝を歩いているが、出口の明かりが遥か遠くに見える。着物の裾《すそ》をたくし上げて帯に挟んでいるが、ぴちゃぴちゃと汚水が撥《は》ねてくる。

「遠いな……出られるかな……」

ぽつりと言ったとき、出口の先にドボンと何かが落ちて、謙吉の方に向かって流れてくる。同時に、キャアという女の悲鳴と俄《にわか》にざわつく男たちの声がする。

思わず前に進んだ謙吉は、下水に沈んで流れてくるのは、着ぐるみの赤ん坊だと気付いた。とっさに飛びかかるように拾い上げると、たしかに赤ん坊だった。

「な、なんだ……何があったんだ！」

びしょ濡れの赤ん坊を抱きかかえたとたん、「ひいひい」と情けない泣き声が洩れた。元気な赤ん坊の声ではない。落とさないように大事に両腕で覆って、明かりのある出口の方へ向かった。

すると、母親らしき女が下水溝に飛び降りて、髪や着物が崩れるのも構わず、赤ん坊が流れた隧道に入り込もうとした。その姿を認めた謙吉はすぐに叫んだ。

「赤ん坊なら大丈夫だ。今、そっちに行くから待ってな」

母親らしき女は吃驚《びっくり》したが、構わず謙吉の方に来ようとした。それを制するように、謙吉はもう一度、大声を発した。

「足を滑らせたら、あんたも危ねえ。そこで待ってなせえ。すぐに行くから」

流れに逆らうように謙吉が進み出て、下水溝から出ると、母親らしき女は赤ん坊を奪い取るように抱いた。

「御免よ、御免よ。怖かったろうね。母ちゃん、悪かったね」

泣きの涙で赤ん坊をあやしている。まだ何も分からぬほど小さな赤ん坊だが、ひ弱な声で泣き続けていた。

どうやら、母親が誤ってつんのめって落としただけのようだが、もしそのまま沈んで流されていたら、溺死していたかもしれぬ。母親は赤ん坊を抱きしめながらも、必死に謙吉に礼を言い続けた。

「そんなことより、風邪を引いちゃいけねえから、赤ん坊の着物を取っ替えてやりな。さあさあ」

謙吉が押しやるように言うと、母親はすぐ近くの茶店に向かった。そこの女将《おかみ》も心配そうに手招きしながら、店の者たち共々、懸命に介抱した。

そんな光景を安堵して見ている謙吉に、商人や職人らが数人、近づいてきて、不審そうに見ていた。

その中には、大工の棟梁《とうりよう》、角蔵もいて、

「人助けは立派だが、おまえさん、なんで下水溝なんぞに入ってたんだ」

と声をかけた。

「えっ……それは……」

「頰被りなんかしやがって、妙な奴だな」

「あ、いや……掃除……そう、掃除をしてたんでさ……」

「怪しいなあ。顔を見せやがれ」

角蔵が乱暴に手拭いを引っ張ると、坊主頭の顔が露《あら》わになった。

「あっ……坊さんでしたか」

「──ええ、まあ、そういうことだ」

「なるほど、それで下水溝の泥を浚《さら》ったりしてたんでやすか。いやいや陰徳《いんとく》を積むというのは大変なことですなあ」

と言いながらも、角蔵は「何処かで見たことがある顔だな」と首を傾げていた。まじまじと見られて、謙吉は掌《てのひら》で顔を隠しながら背中を向け、立ち去ろうとした。

「待ちなよ、坊さん。人助けしたんだから、ちゃんと礼をしなきゃならねえし……」

前に廻って引き止めながら、角蔵はアッと思い出した。

「あっ。ひょっとして、おめえ……！」

「違う、違う」

「まだ何も言ってねえや。怪しいと思ったら、おい、このやろう。俺は忘れもしねえぜ、散々、賭場《とば》に誘っておきながら、イカサマでこちとらスッカラカンにされてよ。てめえ、このやろうッ」

「まさか、人違いでございましょう。拙僧はそのようなことなど……」

「頭を丸めやがっても、よく見りゃ、てめえは……てめえは……ええと、名前は忘れたが、あの性悪の銀三とこの……」

角蔵が言いかけると、謙吉は振り払って必死に逃げようとした、その時である。

「待ちなさい！」

雷鳴のような怒声が起きて、立派な体軀の法衣に包まれた僧侶が近づいてきた。連れの僧侶も三人ばかりいる。

「また逃げ出そうとしたのですな。今日こそは折檻《せっかん》部屋行きですぞ」

「ええっ……」

謙吉と角蔵は同時に、僧侶を見やった。

仏に仕《つか》える身にしては、どことなく強面《こわもて》で、体つきも武道を究《きわ》めた者のように力強く、切れが良かった。

「下水溝を伝って逃げる者が後を絶たぬ。厳しい修行に耐えなければ、仏道を究めることなどできぬ。おまえたちは様々な事情があって、当山に送られてきたが、どこまで逃げても自分の影だけはついてくるぞ。よいか、決して、己からは逃れられぬのじゃ」

説教めいたことを言って、高僧風の僧侶は供《とも》の者たちに、謙吉を捕らえさせた。その上で、高僧風は普門院《ふもんいん》の源仙《げんせん》だと名乗った。すると、角蔵たちは恐縮して、「へへえ」と地べたに座って道を譲った。

何が何やら分からないが、謙吉は、

――ここは素直に従っていた方がよさそうだ。

と源仙の勘違いに合わせることにした。

「も、申し訳ありません……二度と、こんな真似は致しません……どうか、ご勘弁下さいまし……大僧正様」

「いや、許さぬ。仏の顔も三度までというが、私は四度も五度も許してきた。おまえだけではなく、若い修行僧にはな……だが、これまでは甘すぎた。さあ、覚悟しなさいよ」

源仙に命じられるまま、程近い普門院まで、謙吉は連行されたのである。

普門院は真言宗智山派《しんごんしゅうちさんは》の寺院で、山号は福聚山《ふくじゅざん》という。大永《だいえい》二年（一五二二）に武蔵国に開かれた古刹《こさつ》で、元和《げんな》二年（一六一六）に亀戸《かめいど》に移された。その折、船で釣《つり》鐘《がね》を運ぼうとしたが隅田川に落ちたので、〝鐘ヶ淵《かねがふち》〟という地名になったという。創設時の本尊は、聖観音《しょうかんのん》だったが、徳川《とくがわ》家から朱印を賜ってからは、大日如来《だいにちにょらい》が祀《まつ》られている。

修行僧は十二、三歳から三十路近い者まで五十人ばかりいたが、真言宗の護摩《ごま》修行は意識を失うほど厳しく、逃げだす者も少なくなかった。ほとんどは諸国の寺院の子弟だから、行方知れずになられては、普門院の方も示しがつかない。ゆえに、朝から晩まで見張りを付けられるのだが、並々ならぬ苦行に耐えられなくなった者は、逃亡を図るのだ。

「珍念《ちんねん》……おまえは何度言えば分かるのだ。心がけが悪いのは修行が足らぬからだ。またぞろ、真っ暗な部屋にて飲まず食わずを三日間、耐えるがよい」

源仙が命じると、謙吉は首を傾げて聞き返した。

「──珍念て……俺、いや私ですか」

「惚《とぼ》けても無駄だ。まったく性懲《しょうこ》りもない奴だな」

「仏様に仕える身の方《かた》が、折檻だの何だの苛《いじ》めてよいのですか」

「修行だ。苛めておるわけではない」

「そんなこと言って……俺は三日も飯を食えねえなんて御免だ」

「八戒《はっかい》の心得を申してみよ」

「え……なんだそりゃ」

「まったくもって、ふざけておるのか。当山に来て最初に教え込んだはずだ」

「ああ、聞いたことがある。殺すなとか、盗むなとか嘘をつくなって奴だな。それくらい知ってるよ」

「不殺生戒《ふせっしょうかい》――いかなる生き物でも、わざと殺傷してなならぬ。不偸盗戒《ふちゅうとうかい》――わざと人の物を我が物としない。不邪淫戒《ふじゃいんかい》――売買春や密通は御法度《ごはっと》。不妄語戒《ふもうごかい》――嘘偽りを言うてはならぬ。不両舌戒《ふりょうぜっかい》――二枚舌を使ったり、陰口はならぬ。不悪口戒《ふあっこうかい》――悪い言葉使いや人の誹謗中傷《ひぼうちゅうしょう》はならぬ。不綺語戒《ふきごかい》――噂話や無駄口を叩いてはならぬ。不邪命戒《ふじゃめいかい》――非法の生業《なりわい》に就いてはならぬ。それらの戒《いまし》めを守るために、おまえたちは寺で修行しておるのだ」

「そんな人間がいるものか」

「修行のため、厚い蒲団に寝たり、沢山《たくさん》飯を食うてはならぬのじゃ。よいな。それができぬならば……牢屋敷にでも行くがよい。それもまた修行になるからのう」

冷ややかに言う源仙を見上げていた謙吉の背中がブルッと震えた。もし人殺しとして捕まれば、お白洲で裁かれた上で、すぐさま処刑されるであろう。考えただけで頭がおかしくなりそうだ。

「いやだいやだ。俺は何もしちゃいねえ」

「ならば、死ぬがよい」

「ええ……仏に仕える身の御方が、人に死ねなんぞと言うんですかい」

「生まれ変われという意味じゃ。そのためには、折檻部屋に入らねばな」

源仙が控えている僧たちに命じると、謙吉は両脇を抱えられ、本堂の裏にある蔵のような所に連行され、幾つかある狭苦しい部屋のひとつに押し込められた。

「やめろ！　俺は何もしてねえ！」

抗《あらが》って叫んだが、宗琳《そうりん》という源仙の弟子は乱暴に突き倒して、

「泣けど叫べど、下界《げかい》には聞こえぬ」

「…………」

「無駄に暴れると、体が余計に疲れ、喉を枯らして己が苦しむだけじゃ。篤《とく》と自分がした悪行《あくぎょう》を顧みるがよい」

突き放すように言って、宗琳は扉を閉めて施錠をした。

本当に真っ暗になった。漆黒の闇とはこういうものかと思った。目が慣れて何かがぼんやりと見えることがないのだ。謙吉は手探りするのも怖いくらいのどん底に、突

き落とされた気がした。

四

謙吉を探し廻っていた古味と熊公が、高山家に訪ねてきたのは、その夜のことだった。誰かから、吉右衛門が庇っていたのを聞いてのことだった。

「ええ。うちには来ましたがね、出ていったままなんですよ」

吉右衛門は正直に伝えた。だが、古味は訝《いぶか》しんで屋敷内をうろつきながら、

「本当だろうな。匿ってるんじゃあるまいな。おまえたちは親切ごかしに、余計なことばかりをするからな」

嫌味《いやみ》な顔で言う古味を見ながら、

「こっちが訊きたいくらいです。奴が何かしたのですか」

と吉右衛門が訊くと、熊公が怒鳴り声を上げた。

「すっ惚けるんじゃねえぞ。奴は兄貴分の銀三をぶっ殺して逃げてるんだ。おまえは謙吉が銀三らに殴る蹴るされてたのを助けたんだろうが。ああ、とっくに調べはついてるんだ。その逆恨みに銀三を殺したんだ」

「えっ。そうなのですか⁉」

驚いた吉右衛門は首を横に振りながら、

「人殺しをするような子には見えなかったが……何かの間違いでは……」

「俺たちが、この目で見たんだよ。銀三を刺したところをな」

「本当ですか……」

「間違いねえって言ってんだろうが。さあ、隠すとためにならねえぞ、出しやがれ」

熊公が十手《じって》を突き出すと、古味も悪態をついてきた。

「──古味様……」

申し訳なさそうに吉右衛門は言った。

「探索に一生懸命なのは分かりますが、ここは仮にも武家屋敷でございます。傍若無人《ぼうじゃくぶじん》に乗り込んで来て、まるで咎人《とがにん》を隠しているような口振りは慎んでいただけませんか」

「なんだと、俺に文句を言うのか」

「只今、主人の和馬様は、『達磨屋《だるまや》』に出向いておりまして、留守でございます。改めて出直して下さいますか」

「『達磨屋』……」

「あ、はい。うちの主人とともに、寄付を募っている呉服問屋さんです。徳兵衛《とくべえ》さんといって、その名のとおり立派な方です」

「寄付……」

「お金に困った人たちのために、大店《おおだな》や武家はもとより、少しでも余裕のある方に、少しずつ頂戴して、本当に暮らしに窮《きゅう》している人や病《やまい》に臥《ふ》せっている人に届けるのです」

　吉右衛門はさらに腰を低くして、

「ご存じのとおり、うちの若い主人も、なけなしの金をそういうことに投げ打ってますが、あっという間にこっちの懐具合が悪くなりますのでね、和馬様に賛同してくれた『達磨屋』さんが色々と引き受けてくれてるのですよ……旦那方も、一文でもいいですから、頂戴できれば幸いです」

「人助けも結構だがな、まずは自分のことをどうにかするのだな」

　古味はいつものように皮肉っぽく口元を歪めて、

「本当に謙吉のことを知らないのか。人伝《ひとづて》に聞いたが、奴はここで頭を剃られたと聞いたがな」

「頭……はいはい。銀三たちに苛められて、髻をバラバラにされた上に匕首で髪を切られたりしたものですから、うちで綺麗にしてあげたのです」

「確かだな」

「ええ、それが何か」

「だったら間違いない。俺たちが張り込んでいた口入れ屋の『大横屋』に、その丸坊主になった謙吉が助けを求めに来たんだ」

「口入れ屋の『大横屋』……あの評判の悪い……」

「その梵天の寅蔵に匿って貰おうと思ったようだが、騒ぎの最中に逃げてしまってな。また身を潜めてるに違いないんだ」

「なるほど、そういうことでしたか」

「他人事《ひとごと》のように言うな」

「いや、他人事ですから……でも、あの子が人殺しなんて……」

納得できないように首を傾げた。

「あいつはな、元々、生まれもっての悪だ」

「そんな人はいませんよ。生まれたときは誰でも無垢《むく》な赤ん坊でしょう。旦那もきっと、玉のように可愛《かわい》い子だったに違いない」

「黙って聞け。仲間の話によると、奴は癇癪《かんしゃく》持ちでな、てめえが何か酷《ひど》い目に遭って、それがギリギリまで達すると、憑依《ひょうい》したように全身を震わせて、訳の分からない言葉を吐きながら、人を傷つけるんだ」

古味は見たことがあるように、両手足を広げて頭を振り廻しながら、真似をしてみせた。阿波《あわ》踊りの出来損ないのような姿だ。吉右衛門は大笑いをして、

「あはは。そんなことをしながら銀三を殺したのなら余計、目立つでしょうに」

「とにかく妙な癖がある奴なんだ。いつ何時《なんどき》、他の者に害を加えないとも限らぬ。だから、探しているのだッ」

さらに興奮気味に、古味が手足を振り廻していると、奥の蔵の方から、大工の角蔵と太助《たすけ》が出てきた。へんてこりんな格好のまま動きを止めた古味は、笑っているふたりを見て、

「なんだ。何が可笑《おか》しい」

「いえね。俺は見たような気がします」

「何をだ」

「ありゃ、やっぱりたしかに謙吉だ。間違いない。坊さんが来たから、そう思い込んだが、ああ、間違いねえ」

腕組みでキッパリと言う角蔵に、古味は苛ついた顔で訊き返した。

「へえ。実は、昨日のことなんですがね、赤ん坊が下水溝に落ちて、それを助けた奴がいるんですが……」

「だから、何の話だ」

角蔵は見かけたことを順番に話して、謙吉らしき丸坊主の若い男が、普門院の高僧に連れていかれたことを伝えた。その顔はたしかに自分を賭場で騙《だま》した謙吉に違いないということも、懸命に教えた。

「おまえ、賭場に行ったりしてたのか」

「あ、それは……」

「まあ、いい。もし、その丸坊主が謙吉だとしたら、大手柄だ」

古味はチラリと吉右衛門を見やってから、「邪魔したな」と高山家を後にした。

普門院に向かった古味は大きな山門の前で、少しばかり戸惑った。武家地と寺社地は支配違いである。それぞれ町奉行と寺社奉行の管轄のもとで物事が執り行われるため、特に寺社地に町方役人が赴《おもむ》いてくることを、寺院の者たちは疎《うと》ましく思う。

だが、人殺しが逃げ込んでいるかもしれぬから、探索の手助けをして当然であろうと、古味は踏んでいた。山門の出入りは自由である。大きな樹木に囲まれたような本堂に近づいていると、

「これこれ、不浄役人が困りますな」

と声をかけてくる僧侶がいた。立派な袈裟《けさ》懸《が》け姿の宗琳である。

「昨日のことだが、謙吉という悪ガキが逃げ込んだ……いや、誰か身分の高い僧が連れてきたはずだが、引き渡して貰いたい」

「さような者はおりませぬ。ここにいるのは、拙僧たちと修行僧のみ」

「いや、いるはずだ」

古味は角蔵から聞いた下水溝での出来事を話して、少なくとも顔を見たいと頼んだ。しかし、宗琳はあくまでも知らぬと言った。

「たしかに、修行に耐えかねて、下水溝を伝って逃げだそうとした小僧はいますがな、無事に連れ戻しました」

「そいつと会わせて欲しいんです。人殺しかもしれないのだ」

宗琳は一瞬、古味を睨むように見たが、首を左右に振ると、

「万が一、人殺しをして当山に逃げ込んだとすれば、それはこちらで守らねばなりませぬ。反省させてから、町奉行所へお届け致しましょう。それが仏の道というものです」

とキッパリと言った。

「――とかなんとか誤魔化《ごまか》して、逃がすつもりではあるまいな」

「喝《かつ》ッ！」

いきなり大声を張った宗琳の声に、古味は思わず腰が砕《くだ》けそうになった。

「仏に仕えし拙僧が嘘をついていると申すか。ならば、好きなだけ本山の中を調べてみるがよろしかろう。その前に、頭を丸めて参りなされ。さすれば、いつでも貴殿の願いどおりに入山の許しを致す」

「いや、それは……困る」

古味は髷《まげ》に手を当てながら恐縮して頭を下げると、後退《あとじさ》りするように立ち去った。山門まで来ると振り返って、

「だが、諦めた訳ではないからな。必ず見つけ出してやるから、覚悟しとけ」

と舌を出して立ち去った。

見送った宗琳はほとほと呆れ果てた顔で、

「まったく近頃の同心は質が下がったものよのう。あれでは、まるで子供ではないか……寺に入れて修行させたいものじゃ」

と呟いた。

五

真言行者が命を懸けて臨む秘法は、八千枚護摩供《ごまく》である。これは、真言密教において〝求問持法《ぐもんじほう》〟と並んで貴《とおと》い修行である。

八千枚の護摩木を読経しながら火にくべる行法だが、これは釈迦《しゃか》がこの世に生まれる前世で、娑婆《しゃば》と彼岸《ひがん》を八千回往復して衆生《しゅじょう》を救ったことに由来する。この護摩供を二十一日かけて修《おさ》めれば、霊験《れいげん》と功徳をいただいて、一切のことが成就するといわれている。

成就といっても自分の欲望を満たすものではない。真言密教の要諦は即身成仏《そくしんじょうぶつ》と密厳浄土《みつごんじょうど》にあるといわれる。自分が生きているその場で、〝身口意《しんくい》〟という三密《さんみつ》によって実践することで、よりよい社会のために空海《くうかい》の志を広めることである。〝身口意〟とは、行いと言葉と心が一致していることをいう。

今日も修行僧のうち高度の鍛錬をしてきた者たちは、八千枚護摩供を行っていた。燃え盛る灼熱の炎とひたすら向き合う修行は、自分の中に生じる煩悩《ぼんのう》や苛立つ感情が熔けてなくなるまで続ける。炎の熱によって、あらゆる悩みから解き放たれ、無心になる。その静かな気持ちになった上で、自分を見つめなおすのだ。

真っ暗な部屋の中にいる謙吉には、「仏説摩訶般若波羅密多心経《ぶっせつまかはんにゃはらみたしんぎょう》」を唱える僧侶たちの声だけが遠くから聞こえる。護摩供の修行僧たちですら、最低限の精進料理とはいえ、日に二度の食事を与えられる。

だが、謙吉には水一滴もくれない。いや、闇の中を手探りで探せば、水の入った器があって、舐めるように飲むことだけはできる。少しばかりの蒸かし芋も置いてある。

しかし、謙吉は気付いていないようだった。

——ああ、腹が減った……動こうにも力が入らねえ。

謙吉はじっとしていた。目を開けてもつむっていても、同じ漆黒の闇だ。ただ線香の匂いと読経の声、そしてバチバチと護摩木が炎に弾ける音だけが聞こえる。

もっとも謙吉は、八千枚護摩供など知りもしないし、神仏を信じることもなかった。神様や仏様がいれば、自分が不幸のどん底に落ちることなどはなかったはずだ。そう思っていた。

信じられるものがあるとすれば、ただ己の心の中だけであった。その心の奥には、自分でも分からない、どろどろしたものが、坩堝《るつぼ》の中の熔鉄《けら》のように渦巻いた。

般若心経は何処で聞いたのか、幼い頃に耳に染み着いていた。一時、預けられていた遠縁の婆《ばあ》さんが、日に何度も唱えていたからだ。わずか二百七十文字足らずの短い経文だが、謙吉にはさっぱり意味は理解できなかった。分からなかったが、適当に覚えていたのである。

闇の中では、夢か現《うつつ》か分からなくなり、起きているのか寝ているのかの自覚すら薄れてくる。自分がここにいることすら不安になってくるのだ。

――色不異空《しきふーいーくう》　空不異色《くうふーいーしき》　色即是空《しきそくぜーくう》、空即是色《くうそくぜーしき》……。

遠くの読経を聞きながら、どのくらい時が経ったのか、軋《きし》む音がして、急に眩《まぶ》しい光が射し込んできた。

謙吉は気配に目を開けようとしたが、思わず瞼《まぶた》を手で覆《おお》った。

「なんだ……」

眩しいと感じたが、それは蠟燭《ろうそく》一本の灯りだった。

「出なさい」

声の主は、宗琳であった。目が慣れてくると蠟燭は宵闇の中に浮かぶ、道標程度に過ぎなかったが、暗夜の一灯とはよく言ったもので、謙吉にはとても有り難く感じた。

「もう……いいんですかい……」

ほっとする謙吉の顔に、宗琳は蠟燭を近づけて、

「昼間に出ると、日の光で目を痛めるからな。かような刻限に出すのです」

「かような刻限……」

「暮れて半刻《はんとき》も経っていないが、今宵《こよい》は月が出ている。月明かりでも眩しいに違いない。さあ、出なさい」

宗琳に言われるままに監禁された部屋から廊下に出ると、謙吉は流れてくる隙間風を思い切り吸い込んだ。密閉された部屋に長らくいたから、息苦しさを覚えていた。

「水も飲んでなかったのだな」

奥の方に置いてある水差しと芋を、宗琳が蠟燭灯りに浮かばせた。謙吉はあっと見やって、手を伸ばしそうになった。

「なぜ、入るときに言ってくれなかったのです」

「世の中は闇また闇。何事も手探りで探さなければ、自分ひとりで生きていけぬぞ」

「いきなり説教かよ……喉はカラカラ、腹は虫も鳴けねえくらい空《す》いてしまったぜ……死にそうだ、おい」

「文句を言える元気があれば、まだ死ぬことはない」

宗琳は庫裏《くり》の方へ連れていき、少なめの粥《かゆ》と茶を与えた。いっぺんに大食いすると却《かえ》って体を害するからだ。その後、温《ぬる》めの湯にゆっくりと浸かって、心身共に落ち着かせることができた。

　ほっと一息をついたと思ったら、境内の一角にある閻魔堂《えんまどう》に参拝させられた。

　篝火《かがりび》に囲まれた小さめの御堂で、扉の奥には閻魔ではなく、不動明王《ふどうみようおう》が祀られていた。魔物や煩悩、因縁を断ち切る三鈷剣《さんこけん》と羂索《けんさく》を持っている。羂索は悪を縛り上げ、煩悩から人々を救い出す縄である。

「なんだか、怖い顔をしてるな……今度は何をさせる気だい」

　怒りによって髪は逆立ち、法衣は片袖を破って結んでいる。憤怒の姿の不動明王は、煩悩だらけの救いがたい衆生を、力尽くでも救おうという意志の顕《あらわ》れである。決して人々を脅かしているわけではない。

　それでも、腰が引けそうな謙吉に、宗琳は不動明王同様、険しい顔で言った。

「不動明王は、大日如来の化身じゃ。この不動明王は、閻魔耳《えんまみみ》を持っておる。ほら、そこにあるであろう」

　御堂の壁に、石で作ったものなのか、四尺ほどのバカでかい耳があった。釈迦のように、耳朶《じだ》がかなり大きい。

「――閻魔耳……なんだい、そりゃ」

「聞いたことがないか」

「ねえよ。まるで化け物みたいな耳だな」

「これは飾りに過ぎないが、本当は不動明王の耳のことでな、人の声を閻魔に伝えるために聞く耳だ」

「人の声……」

「自分のしてきた悪いことや数々の煩悩を、正直にこの耳に向かって話して、いかに反省するかを真摯《しんし》に洗いざらい告げれば、不動明王が閻魔に伝えてくれる。そして、地獄に行くことから救ってくれるのだ」

厳《おごそ》かな声で宗琳は言ったが、謙吉はとても信じられないと首を左右に振って、

「そんな都合のいい耳なんか、あるものか。どうせ、罪を自白させて、御用にするつもりだろうが、そんな子供騙しには乗らねえ」

と強く言った。

「誰も聞いてはおらぬ。ただ不動明王が耳にするだけだ。不動明王は嘘つきを見抜く。もし、嘘をつけば、舌をその剣で切り落とすであろう。話に納得できなければ、閻魔に伝えることもない……つまりは、永遠に地獄を彷徨《さまよ》うことになるのだ」

「知るけえ……極楽や地獄なんぞ、あるものか。あるんだったら、見せてみやがれ。死んだら、それまでだ」

「だったら、自分で行って確かめてみるがよい」

「おまえは行ってみたことがあるのか」

「ある――」

キッパリと言った宗琳を、謙吉は小馬鹿にしたように見て、

「それこそ嘘つきだ。舌を抜かれるぜ」

「八千枚護摩供は、この世とあの世を何度も往復する修行なのだ。おまえも修行を積めば、その厳《おごそ》かな護摩供を受けることができる。この閻魔耳に、すべてを話せるかどうか、それにかかっている」

「…………」

「おまえ次第だ。心の奥にあるもの、何もかもを吐露《とろ》するがよい。人の世なら、到底、許されないであろうこともな」

宗琳はそこまで話すと、謙吉を残して表に出た。そして、扉を閉めて、施錠した。

その冷たい響きを聞いて、

「おい。また閉じ込められるのかよッ」

と大声を上げた。その声は御堂内に反響して、不動明王の睨み下ろしてカッと見開いた目と相まって、謙吉は打ち震えた。

だが、燭台に灯りはあるし、外の篝火《かがりび》も障子窓越しに届いている。漆黒の闇に監禁されていたことに比べれば、極楽に思えた。それでも、目の前の不動明王はじっと自分を睨みつけており、堂内の何処へ移ろうとも、怖い眼光は謙吉を射るように見ていた。

「――ふざけんな……ただの木像じゃねえか……木の塊《かたまり》だ……閻魔耳……石の作り物じゃねえか……それが、なんだ」

信心のかけらもない謙吉は、座り込んで、深い溜息をついた。この間にも、何処かから声明《しょうみょう》が聞こえてくる。自分を責め立てているようにすら感じた。

「嫌だ、嫌だ……」

両耳を塞いで俯いていたが、ふと見上げると、やはり不動明王が恐ろしい形相で見下ろしている。思わず顔を背《そむ》けると、壁の大きな閻魔耳が目に飛び込んでくる。何度か同じことを繰り返しているうちに、

――俺が何をしてきたというのだ。

という思いが込み上げてきた。そして、それを言葉にして、閻魔耳に向かって、はっきりと声を張り上げた。

「俺は何も悪いことなんざしてねえ。悪いのは俺を捨てた二親じゃないか。俺をいつ

も蔑《さげす》んで見てきた世間じゃないか。何もしてねえぞ。要領よく生きてる奴らから、端《はした》金《がね》をちょいといただいただけじゃねえか。盗んだんじゃねえぞ。ころっと騙された方が悪いんじゃねえか。欲をかくから騙されるんだ」

チラチラと不動明王の顔を見上げると、吊り上がった眉とカッと見開いた眼光は、まるで生きているように鋭い。

謙吉はすぐに目を逸《そ》らせて、閻魔耳の方へ近づきながら、溜まりに溜まっていた不満を吐露《とろ》するように語気を強めた。その声は御堂に響いていたが、それが心地よいくらいに、謙吉は文句を垂れ続けた。

「なあ、そうだろ。誰も親に産んでくれと頼んだわけじゃない。なのに、この世に俺をひとりぼっちにしやがって、そっちの方が悪いとは思わないか、不動明王さんよ」

不動明王は黙って見下ろしている。

「聞くだけで返事はなしかよ。ふん、やっぱり神も仏もいやしないんだ。俺の声なんざ、誰も聞いちゃくれねえ……銀三だって、都合良く俺を使ってただけじゃねえか。あれだけあくどい奴だから、殺されたって自業自得でえ」

深閑とした堂内にはガンガンと頭を打たれるように声が飛び返ってくる。

「でも、言っとくがな、銀三を殺したのは俺じゃねえぞ。なあ、不動明王さんよ、閻魔様とお話ができるなら、地獄へ堕《お》ちただろう銀三に訊いてみてくれよ。絶対に、『俺を殺したのは謙吉じゃねえ。別の誰かだ』って言ってくれるはずだ」

「………」

「誰かだってことは、銀三に訊いてくれ。俺は知らない。あいつが刺されたところに出くわしただけだ。誰か分からないが、俺に気付いて逃げてったよ……遊び人風だったけど、顔までは見えなかった。銀三なら、誰か分かるはずだ。だってよ……」

謙吉は耳に近づいて、今度は囁くように言った。

「銀三は俺に、財布を預けたんだ……これは大事なものだ。だから、絶対に誰にも渡すな……信頼できる人にだけ見せろって」

不動明王を見上げて、目を逸らさずに続けた。

「何のことだか分からねえよ。だけど、銀三はその財布のために殺されたんだ。逃げてる途中で見たけどよ、何か紙が入ってた。けど、俺にはサッパリ……不動明王さんなら分かるんじゃありやせんかね。人の心も見抜くんだろう？　なあ、なんとか言えよ」

黙ったとたん、深閑とする堂内を謙吉はゆっくりと見廻しながら、天井に向かって、

「わああ！　返事をしろよ！　なんとか言えってんだよ！」

と怒鳴った。

「俺は人殺しなんかしてねえぞ。絶対にしてねえからな！　だから反省なんかするもんか。誰にも謝るもんか！」

大声で同じことを繰り返していた謙吉は、しだいに声が枯れてきて、しまいには泣き声に近くなってきた。涙までが出てきて、しくしくと女々《めめ》しく床に伏し、まるで誰かに謝っているかのように嗚咽《おえつ》し始めるのだった。

六

和馬が吉右衛門と一緒に、普門院を訪ねてきたのは、その翌日のことだった。高山家は代々、普門院の檀家《だんか》である。

決して、信心深い方ではないが、和馬なりのお布施《ふせ》は常日頃からしており、今日も数日後に控えた秘仏の御開帳のために、幾ばくかの寄付をしに来たのだ。檀家仲間でもある呉服問屋『達磨屋』の主人からも預かってきた金がある。

「これはこれは、高山様。いつもお布施、有り難く存じます」

僧正の源仙が丁重に礼を述べると、和馬は照れ笑いで、

「いや、このほとんどは『達磨屋』さんのご好意でございます。私など、お布施にもならない程度のもの。無事、秘蔵の仏像をご開帳できることを祈っております」

秘仏とは、普門院が創設時に本尊としていた聖観音のことである。

観音像には、十一面《じゅういちめん》観音や千手《せんじゅ》観音、如意輪《にょいりん》観音など人智を超えた存在の姿を思い浮かべるが、聖観音は左手に蓮華を持っただけの、人に近い形の仏像のことをいう。衆生救済のために現れる仏なので、人間に見えるようにしている。

「私も聖観音を見るのが楽しみです、何百年も前のものですからね、有り難いことです。気が引き締まりますが、地元の人々もさぞや喜ぶことでしょう」

心から成功を祈ると、和馬は申し述べた。源仙も素直に好意を受け取ったとき、吉右衛門に気付いて声をかけた。

「こちらのご隠居さんは……随分と上品で穏やかな面立ちでございますが、まさに聖観音のようなお姿で、お人柄が滲み出てますな」

和馬も率直に喜んで、我が家の福の神なのですと、吉右衛門を紹介した。

「とんでもございませぬ。粗相《そそう》ばかりしている小間使いで、主人には迷惑をおかけしております。源仙僧正には、お初にお目にかかります。和馬様からも当代随一の立派な御仁だと聞いております。今後とも宜しくお願い致します」

「なんの、こちらこそ、よしなに」

源仙は相手がどのような身分であれ、年長者を敬う姿勢があった。吉右衛門もその配慮を感じたのか、深々と頭を下げてから、

「ひとつ、お訊きして宜しいでしょうか」

と尋ねた。

「なんなりと」

「うちは浄土真宗《じょうどしんしゅう》なものですから、ひたすら念仏を唱えておりさえすれば、極楽浄土に行けると教えられてきました。真言宗は修行をすることによって、現世利益《りやく》も得ると聞いたことがあります。そうなのですか」

「一言では難しいですね。いずれの宗派も僧侶は厳しい修行をしますが、それは人々を導くためのもの。衆生は素直に仏の声を聞き入れればよろしいのです」

「なるほど。一切を仏に委ねよと言った親鸞《しんらん》さんですら、最後の最後は、自分の修行の足りなさを感じたとか。それは、念仏を唱えさえしておれば極楽浄土へ行けると伝道してきた己自身が、そのことをまだ疑っているとの証《あかし》だと自戒したそうです」

「厳しい修行を重ねたゆえに、まだ煩悩が消えていないことを悟ったのでしょう」

穏やかなまなざしを向けた源仙は、吉右衛門に逆に訊いた。

「ご隠居は、人間に禍《わざわい》をもたらすのは何だとお考えですか」

「はて……これまた難しい問いかけでございますな。しかし、間もなく極楽か地獄かは分かりませぬが、あの世に行く身としては、すべては自分自身が最も多く、人に禍をもたらしているのだと思います……決して、天災地変や悪霊の仕業《しわざ》ではなく、ましてや他人ではなく、己の心が」

吉右衛門が思ったままを答えると、源仙は大きく頷いて、

「さすがですな。ぼんやり生きてきた人ではないとお見受けしておりましたが、畏《おそ》れ入りました」

「あ、いや、こりゃ恥ずかしい」

「いえいえ。『般若心経秘鍵《ひけん》』という弘法大師《こうぼうだいし》が書かれた中に、〝無辺の生死《しょうじ》何《いず》くんが能《よ》く断つ、唯禅那正思惟《ただぜんなしょうしゆい》のみあってす〟とあります。つまりは、ご隠居が言ったことと同じで、心の奥深くに溶けてしまった良くない意志を、その迷妄を断つしか方法はありませぬ……その断つ方法は、自分以外の人を幸せにし、先祖の霊を追善供養することで、人は深い心の安寧を得ることができます」

源仙の話に、吉右衛門は深く頷いて、

「僧正様の言葉を耳にすると、なんだか私でも極楽に行けそうな気がしてきました」

「極楽に間違いないです。もっとも、誰であれ地獄には堕とさないようにするのが、私たち僧侶の務めですからな」

「なるほど、ますます安心しました」

吉右衛門が微笑《ほほえ》むと、源仙も見つめ返し、お互い腹の深いところを知っている旧知のように笑い合った。

「それで、謙吉を助けたのですね」

「――えっ……」

わずかに源仙が首を傾げると、吉右衛門はすぐに続けて、

「人殺しと追われていると知りながら、当山から逃げ出した修行僧だということにして、ここに匿われたのではありませんか？」

「どうして、そう思うのです」

「奴の頭を丸めたのは、この私です。僧正様もとっさに判断されたことかもしれませぬが、謙吉にとっては災い転じて福となす、ということでしょうがな」

源仙は驚いて吉右衛門を見やっていたが、さらに笑い声を上げて、

「これは、ますますもって、ご隠居を尊崇致しますぞ。どこまでご存じかは知りませぬが、謙吉なる者に会ったのは、〝たまさか〟のこと。しかし、この世には偶然はあ

りませぬ。すべて必然のこと。人智が及ばぬことを、偶然と言っているに過ぎませぬ」

「はい。私もそう思います」

「必然を、偶然としか思えぬのもまた人の弱い心が判断しているだけのこと……ですから、私があの場で謙吉に会ったのは必然で、普門院に連れてきたのも、仏の導きであって、私はその手助けをしただけです」

「――私は、あの男は人殺しなどできる人間とは思えませんでした」

「拙僧もです」

この点でも、ふたりは何となく気があったのか、お互い微笑みかけた。良い雰囲気を感じながら、和馬が源仙に声をかけた。

「謙吉に会わせて貰ってよろしいでしょうか。私は無実だと証してやりたいのです。しつこい町方同心がおりますのでね」

「古味同心の話なら、宗琳からも聞いております。今は不動明王に叱られております」

「不動明王……」

「しかし、まだまだ反省している様子はない。とはいえ、悔《く》いている様子は見受けられます。よろしいでしょう。会ってやって下さい」

源仙の許しを得られるとすぐに、閻魔堂に案内された。

鍵が開けられて中を覗うと、さしもの吉右衛門でも怯《ひる》むような不動明王の姿に、一瞬、立ち尽くした。

閻魔耳というのは、吉右衛門は聞いたことしかなく、実物を見るのは初めてだった。その耳の下で、謙吉は蹲《うずくま》るように眠っていた。まだ十六のガキとはいえ、もっと小さな子供のような姿だった。

「おい、謙吉……」

吉右衛門が声をかけると、ふいに目覚めた謙吉はぼんやりした目で、

「——ああ、観音様……」

と洩らした。

しばらくして我に返ったように、

「なんだ。あの時の爺さんか……どうして、ここへ……それとも俺は極楽に来ることができたのかな」

謙吉が安堵したように言うと、隣にいた和馬の方が進み出て、訊いた。

「助けてやるから、洗いざらい話すがよい」

「何をだい」

「知ってることをだ」

「ぜんぶ、この閻魔耳に話したよ……何も返事はくれねえがな。本当だよ。ぜんぶ話した。俺の生い立ちのことも、人を騙して金をぶんどったことも……でも、本当に人殺しなんざやってない」

懸命に言う謙吉に、和馬は頷いて、信じているぞと伝えた。

「だが、やってない証拠がいる。一番は本当の下手人を探すことだ……おまえは、銀三から財布を預かったらしいな」

「えっ。なんで、そのことを……！」

「閻魔耳に話していたことを、不動明王が一部始終聞いておって、この寺の僧正にも伝わったらしいぞ。それさえあれば、おまえは救われるかもしれぬな」

「救われる……ああ、助けてくれッ」

縋りつく謙吉の両肩を抱いて、和馬は聞き返した。

「それは、どこにあるんだ？」

「へえ。お願いしやす。どうか、助けて下さい……財布は、この寺に連れてこられてくる途中で、何処かに落としやした……銀三を狙った奴が奪おうとしたんだ。ただの物盗りじゃねえ……あれさえあれば……」

「相分かった。必ず探し出して、おまえが銀三殺しをしてないと暴いてやるから、しばらく、この寺にいるんだぞ」

「え、そんな……」

「表にいるよりも安心できると思うがな。それが、僧正様の願いでもある」

「僧正様の……」

「だから、決して逃げ出そうなどと、バカな真似をするのではないぞ。よいな」

和馬が念を押すと、吉右衛門も穏やかな顔で頷いた。謙吉は頷いたが、少し疑わしい目になって、ふたりを見比べた。

「おいおい、その目がいただけないな」

吉右衛門も優しい声で、

「僧正もそうだとおっしゃっていたがな、人に災いをもたらすのは、災害や悪霊ではなく、己《おの》が心だ。人間自身がもたらすのだ。二親がどうであれ、世間がどうであれ」

「それも、閻魔耳が……？」

「己の深い心の傷を癒し、安寧を得ることができる唯一の方法は……自分自身以外の人を幸せにすることだ。ご先祖も含めてな……人々の心に花を咲かせる。それが、僧侶の勤めなのだ。まだ難しいかのう」

そう伝えて微笑む吉右衛門の穏やかな顔は、まさしく観音様そのものだった。

七

和馬はすぐさま、銀三から託された財布の行方を見つけるべく、知り合いにも頼んで、懸命に探し始めた。

だが、思うようにははかどらなかった。むしろ、絶望感の方が強くなってきた。財布の中に金はさほどなかったらしいが、何か重要な書きつけか、紙が大切そうに折りたたんであったという。

もし、銀三を殺してまで奪いたかったものだとすると、それを見つけ出すことが最も近道のはずだ。

この話は古味にも伝えた。だが、ほとんど相手にしないという態度だった。不用意に話したことが、却《かえ》って古味の疑いを深めた。

「やっぱり、普門院の中に隠れてやがったか……仏道は人を救う。そりゃ結構な話だが、人殺しを庇うって法はねえ。篤と調べることにするぜ」

古味は意気揚々と普門院を探索すべきと、北町奉行の遠山に訴え出て、寺社奉行に手を廻してでも銀三を捕縛すべきだと進言した。もし、寺方が町方に助力するにしても、財布さえ手に入れれば、本当の下手人を探し出すことができる。和馬はそう信じていた。

そんな和馬を――。

ずっと張り込んでいる者がいた。梵天の寅蔵の子分、政吉だ。

ふたりの様子を執拗に窺ってから、踵《きびす》を返すや、突っ走って帰ってきたのは、口入れ屋『大横屋』であった。

政吉に耳打ちされた寅蔵は、ギラリと目つきが変わった。

「なんだと……じゃ、あれは謙吉が持ってるんじゃなくて、何処かになくしたってわけか……余計、まずいじゃねえか」

箱火鉢の前の寅蔵は、コツンと煙管《きせる》で政吉の頭を叩いた。

「すみません。若いのを連れて、必ず見つけ出しやすから。勘弁して下さい」

「いや、勘弁ならねえ。もし、見つからなかったら……町方の手に渡ったりしたら、おまえを殺すからな」

「が、頑張りますんで……」

首を竦めた政吉は、若い衆数人を集めて、すぐに手当たり次第、銀三の財布を探し出すようにと発破《はっぱ》をかけた。

一方――和馬の方も八方手を尽くしていたものの、財布を見つけ出すことはできなかった。そもそも小さな財布ひとつだから、風に吹き飛ばされて溝にでも落ちたかもしれず、誰かが拾って金だけ取って燃やしたかもしれない。

結局、見つからないまま、数日が過ぎ、聖観音の開帳の日になった。

奥の院にある聖堂に祀られている、その秘仏を拝むと御利益があるということで、善男善女が江戸中から集まった。

謙吉といえば、まだ閻魔堂の中で、修行もどきをさせられており、食事は与えられているものの、日がな一日中、般若心経を唱えさせられていた。

恐ろしい不動明王の顔にも慣れてきた。ひたすら、閻魔耳に向かって人殺しはしていないと訴えていた。

「――珍念……いや、謙吉。出なさい」

宗琳が迎えに来た。いつもと違って、重層の紫《むらさき》色の袈裟と法衣に覆われ、両耳を覆うような縹帽子《はなだもうす》を被っていた。いかにも高僧風のいでたちである。

袈裟とは本来、糞掃衣《ふんぞうえ》という襤褸布《ぼろぬの》を縫い合わせたものだ。律衣《りつえ》や教衣《きょうえ》、禅衣《ぜんえ》などがあるが、僧階が一目瞭然に分かるように色分けされている。真言宗では、緋《ひ》色が最高位で、紫色、萌黄《もえぎ》色、黄《き》色、浅葱《あさぎ》色と続く。茶《ちゃ》色は僧階に関係なく着用し、普段は黒衣《こくい》を使う。

そのようなことは知らないが、謙吉は現れた宗琳を神々《こうごう》しい目で見ていた。

「どうしたのかね」

「あ、いや……いつもと袈裟が変わっただけで、立派な人に見えたもので……」

「修行に応じて僧階とか僧位はあるが、もちろん仏の前ではみな等しい」

「等しい……」

「さよう。僧侶はもとより、武士も百姓も町人もない」

「でも、世の中、不公平だらけだけどな」

「それこそ人が勝手に決めたことだ。仏はさようなことはしない。本日、開帳をする聖観音は、本尊の大日如来と同じく、誰にも等しく慈悲の光を与える仏様だ」

「慈悲の光……自分以外の者を幸せにすることのみが、心の安寧をもたらす……そんなことを言ってたが」

「ん、誰がだね」

「――ご隠居。いや、たぶん……観音様だ」

宗琳は微笑して頷いて、

「おまえは見たのだね。仏が現れたのを……さあ、聖観音を拝んで、慈悲の光を浴びるとよい。きっと違う自分に会える」

と言ったとき、境内に溢れている参拝客に中から、いかにも風体《ふうてい》の悪い者が数人、閻魔堂に近づいてきた。

謙吉には一瞬にして、誰だか分かった。『大横屋』の印半纏《しるしばんてん》は着ているものの、梵天の寅蔵の子分たちである。

「——政吉さん……」

「おう、謙吉。なかなか殊勝な心がけじゃないか」

「おまえさん方は？」

「開帳を見物に来ました。口入れ屋『大横屋』の者です。へえ、普門院とは縁の深い『達磨屋』さんの手伝いもしております」

「徳兵衛さんのかね。それはそれは……」

いつも過分なお布施を貰って有り難いと、宗琳は礼を言った。政吉の方も、お役に立てて嬉しいと頭を下げてから、

「ところで、謙吉。おまえ、銀三の財布を預かってたはずだよな」

「へえ……」

「何処にあるんだい」

「それが……俺にも分からないんです。何処かに落っことしたもので」

「寺の中ってことはねえかい」

「ああ、そうかもしれませんね。それが何か……」

「いつぞや寅蔵さんの所に来たときも、大事そうにしてたからよ。それが、おまえの身の潔白を証明するって小耳に挟んだんでな。俺たちも探そうと思ってよ」

「そうでしたか、ありがとうございます」

　政吉と謙吉のやりとりを見ていて、宗琳はどこか違和感を感じていた。財布を欲しがっているふうに見えたからだ。

「財布は、寺の者が探すゆえ、お兄さん方は開帳した聖観音を拝んで帰りなされ。御利益で、必ず財布も出てくるでしょう」

　宗琳はその場を取り持とうとしたが、政吉は強引に謙吉を連れていこうとした。とっさに宗琳は止めて、

「この者は当山で修行の身。僧正の許しを得ずに出すわけにはいきませんよ」

「こいつは、うちの若い衆も同然で、働いて貰わなきゃ困るんです」

「仏のお導きで来たのですから、そちらの勝手にはいきませぬ」

「だったら、こいつに訊いてみますよ」

鼻白《はなじろ》んだ顔になった政吉は、ジロリと謙吉を見やって、

「本当にこの寺で修行をするつもりかい。ただ逃げ込んだだけじゃねえのかい」

「…………」

「寅蔵親分も心配してる。銀三を殺した奴も探し出して、おまえの無実を晴らしたいって一生懸命になってる」

半ば強要する口調になって、政吉は謙吉の腕を摑んだ。

思わず、謙吉は手を払った。そして、しっかりとした目つきで、毅然と訴えた。

「俺は、閻魔耳に聞いて貰ったんだ」

「なんだ、そりゃ」

「洗いざらい、ガキの頃からこれまでのことを話して、人様を騙して巻き上げた金も、できるだけ返したいと誓ったんだ」

「おまえがか？　おいおい。何を言い出すんだ」

「兄イたちも、これまでしてきたことを聞いて貰ったらいい。そしたら、地獄に堕ちなくて済む。もう人を騙して金を巻き上げるのはよそう。悪い夢を見て、うなされる

ともなくなるかもしれねえ」

謙吉が訥々《とつとつ》と話すのを聞いていた政吉は、唾を吐き捨てるような音を出し、

「下らねえこと言ってねえで、さっさと財布を寄越せってんだ。人殺しにされて、獄門に晒されていいのか。ええ」

と地金を出して怒鳴りつけた。

冷静な目で見ていた宗琳は、謙吉を庇うように立つと、

「この御堂にいる不動明王は、今のおまえの言動を見ているぞ。地獄に行くのも極楽に行くのも、おまえたちの現世での心がけしだいだ。罰当たりなことは言わずに、聖観音を拝んで帰りなさい。謙吉はもう、うちの修行僧です」

と諭《さと》すように言ったが、政吉はさらに苛立ちを爆発させた。

「黙って聞いてりゃ、うるせえや、この生臭坊主！　てめえら生臭坊主が、おまんまを口にできるのも、俺たちの稼いだ金のお陰じゃねえのか。綺麗事を言ってもな、人を騙した金で暮らしてる。同じ穴の狢《むじな》なんだよ」

「これは語るに落ちましたな。自分から罪を認めましたか」

「うるせえや。こいつら、ふたりともたたんじまえ」

政吉が命じると、子分たちは畏《おそ》れも知らず、宗琳に殴りかかった。だが、宗琳もか

なりの修行を重ねてきた者であり、それなりの武術も心得ているのか、相手のひとりふたりを倒した。

「やろう！」

匕首を抜き払った政吉は、宗琳めがけて刺しかかった。かろうじて避けたが、そのとき、謙吉がとっさに前に出て、庇おうとした。だが、宗琳は謙吉を突き飛ばして、自分が楯《たて》になって、匕首を胸に受けた。

ガッ――と鈍い音がした。たまたま胸に架けていた大玉の数珠《じゅず》に当たって、宗琳は事なきを得た。その一瞬の隙に、謙吉は政吉に飛びかかり、匕首を奪い取ろうとして揉み合っているうちに、相手を刺してしまった。

「うわっ……」

政吉がその場に倒れ伏したところへ、古味と熊公が駆けつけてきた。開帳があるからと勝手に入ってきたのだが、たまたま目の前の惨事を見かけたのだ。

「謙吉！　やっぱり、てめえが下手人なんだな！　大人しく縛《ばく》に付け！　今度ばかりは、どうでも許さないぞ」

躍起になって突っ走ってくる古味たちを横目に、宗琳は謙吉の手を引いて、閻魔堂の中に戻った。そして、中から閂《かんぬき》をかけた。

「宗琳様……こんなことをしたら、あなたが……」

「いいのです。源仙様のご命令は、おまえを守れということだ。守るというのは、外敵を蹴散らすだけではない。心を救うということだ……可哀想にな。あんな輩《やから》に出会ってなければ、もっと良い人生があったはず」

「でも……」

「よいのだ。実は拙僧にも、おまえのような頃があった。邪《よこしま》の道から救ってくれたのが、源仙様なのだ」

宗琳はそう言って微笑みかけると、袈裟を脱ぎ始めた。

「これを着て本堂に行きなさい」

「えっ……」

一体、何を言い出すのかと、謙吉の方が戸惑った。

「いいから、言われたとおりに……」

謙吉はなされるがままに、宗琳から紫色の袈裟に着替えさせられた。その姿を見て、宗琳はにんまりと笑い、

「馬子《まご》にも衣装というが、おまえが私に言った言葉を返すぞ。袈裟を着ているだけで、立派に見えるものだ。本来、使い道のない襤褸《ぼろ》切《き》れなのにな、ふはは」

「襤褸切れ」

「そうだ。袈裟は見栄や偏見、虚飾を着ているようなものだ。虚飾は襤褸切れだ」

と言いながら、裏手の秘密の扉から謙吉を押し出すのであった。

本堂では、本尊の大日如来の前で、源仙を中心に高僧たちが読経を重ねていた。

ほとんどの参拝客は、その表で深々と拝んでから、奥の院に向かった。流れるように奥の院に行く人々の姿を眺めながら、渡り廊下を経て本堂に近づくと、しだいに声明《しょうみょう》が大きくなって、謙吉は不思議と心がざわめいた。

八

——世尊妙相具《せーそんみょうそうぐー》、我今重問彼《がーこんじゅうもんぴー》、仏子何因縁《ぶっしーがーいんねん》、名為観世音《みょういーかんぜーおん》……。

十数人の僧侶による「妙法蓮華経《みょうほうれんげきょう》観世音菩薩普門品偈《かんぜおんぼさつふもんぼんかつ》」が厳《おごそ》かに詠じられている。鉦《しょう》や太鼓も時折、打ち鳴らされ、重々しい雰囲気が漂っていた。

源仙のすぐ斜め後ろに、ひとつ座が設けられており、宗琳の袈裟を着た謙吉が来て、おもむろに座った。読経している僧侶たち誰もが、宗琳ではないと気付いていない。

謙吉はぎこちなく座して、知らない経文を適当に誤魔化して、声だけを唸るように出していた。時折、般若心経と似た文言が出るが、そのときだけ野太い声で詠じた。

本堂の座敷には、数十人の参拝客が並んでおり、読経の後に行われる説法を待っていた。本堂には誰でも入ることができるが、今日は特別に檀家の代表や真言宗に帰依《きえ》している武家、布施を沢山してくれている商人らが、神妙な面持ちで座している。

――皆発無等等《かいほつむーとうどう》、阿耨多羅三藐三菩提心《あのくたらさんみやくさんぼだいしん》……。

神聖な読経が終わると、真ん中にいた源仙だけが残り、僧侶たちはゆっくり立ち上がり、それぞれが順番に本堂から立ち去った。

だが、謙吉は足が痺れてしまい、腰が傾いて、よろりと崩れた。なんとか手を突きながら、客の方へ俯き加減の顔を向けた。

参拝客たちは、見てはならないものを見てしまったという感じで、押し黙っていた。

だが、源仙は気にする様子もなく、おもむろに目の前の人々に話し始めた。

「この観音経と呼ばれる経文は、極々《ごくごく》、簡単に言えば、誰でも観音様のような穏やかな気持ちで生きていけますよ、というのを仏と弟子の問答の形で描かれた経文です」

源仙の声に参拝客たち一同は、顔を上げた。

「皆様も色々とご苦労があると思います。生きていることだけで、大変なことが沢山あるからです……自分ではまっとうにやっていても、時に人の裏切りなどに遭い、梯《はし》子《ご》を外されたり、崖から突き落とされるような酷い仕打ちを受けることがあるでしょう。それでも、菩薩として生きることさえ忘れなければ、空に輝くお天道様のように悠々としていられますよ……という意味合いです」

朗々とした心地よい源仙の声に、参拝客もまるで仏を崇《あが》めるように見ていた。

「今の経文の中に、或被悪人逐《わくひーあくにんちく》、堕落金剛山《だーらくこんごうせん》、念彼観音力《ねんぴーかんのんりき》、不能損一毛《ふーのうそんいちもう》という所があるのですが……これは、悪い心が湧き起こって道を踏み外すことがあっても、菩薩として生きることを忘れなければ、怪我をすることなく仏の道に戻ってくることができる……というような意味です。つまり、人は生まれながらにして善なるものですから、元に戻れるということですな」

謙吉はドキリとなったが、その表情には誰も気付いていなかった。

「赤ん坊は無垢《むく》なる心を持っており、生きる力に満ち溢れています。人は大人になるに連れて、浮き世の義理とかしがらみに、私利私欲によって、自分自身を縛りつけてしまうものです。そんなときには、見栄や虚飾という襤褸衣を脱ぎ捨てて、赤ん坊に返って人生を考えてみることが大切なんです」

「…………」

「そのことを、奥の院の聖観音は感じさせてくれると思います。仏性はあなた方の中にあるのですからね」

　源仙はそこまで言うと、斜め前に座っている謙吉の背中に向かって言った。

「今日は、そのことについて、この宗琳から話をしていただきましょう」

　そう投げかけると、思わずエッと謙吉は振り返った。その顔を見て、源仙は人違いだと気付いたが、すぐに宗琳に何らかの異変があったと察した。無表情のままで、源仙は淡々と続けた。

「宗琳ではなく、今日は若い珍念が説教を致すそうです。さあ、始めなさい」

「えっ……」

　謙吉は明らかに狼狽《ろうばい》し、緊張した。その姿は参拝客から見ても異様なほどだった。今し方、足を痺れさせていたことも、腰が砕けたことも衆目を浴びていたのだ。謙吉は、空咳《からせき》をしてから、

「――観自在菩薩《かんじざいぼさつ》、行深般若波羅蜜多時《ぎょうじんはんにゃはらみったじ》、照見五蘊皆空《しょうけんごうんかいくう》……」

　と冒頭を誤魔化すように唱えたものの、しどろもどろとなりながらも、懸命に何かを話そうとした。

「ええ……つまり、その……まあ、なんというか……人は、その……あるがままでいいというか……空即是色……見え方は自分次第というか、なんちゅうか……」

謙吉の態度に、参拝客の中にはざわつく者もいた。それでも、謙吉はなんとか、この場を切り抜けないと、源仙に恥を掻かせるのではないかと気がかりだった。

それに加えて、自分が人殺しとして追われていることが、誰かに暴露されてるのではないかと不安だった。参拝客の中に、大工の角蔵の姿を見つけたし、『達磨屋』の主人・徳兵衛、その他にも自分が騙した相手が何人かいたからだ。

謙吉の額から、冷や汗が滲んできた。

「ええ……自分次第……私の世話をしてくれた親戚の婆さんも、そんな話をしておりました……ゴホゴホ……なので、自分の心次第で世の中が変わるというか……そう。人に災いをもたらせるのは、災害や悪霊ではなく、己が心なのです。ええ、人間自身が、人間が駄目にするのです」

居直ったのか、次第に謙吉は声に張りが出てきて、少しばかり朗々と身振り手振りで、何かを伝えたい様子に変わってきた。

「そうなんですよ。この普門院の閻魔堂には、閻魔耳というものがあって、己の悪いことや酷いことをしたことを、すべて聞いてくれるのです。知ってますか、閻魔耳。何もかも白状することによって、地獄に行かなくて済むかもしれないんです」

参拝客のざわつきが治まると、謙吉はさらに声を強めて、

「自分の生まれがどうの、親がどうのなんて関係ない。世間が冷たくても、友達に酷い目に遭わされても、自分が観音様だと思って暮らせば、幸せになれるんです」

と続けた。

「己の深い心の傷を癒すことができる只ひとつの方法は、自分自身以外の人を、赤の他人を幸せにすることなんです。人のために生きることなんです！　世の中の人々の心の中に、綺麗な花を咲かせる。それが正しい僧侶の勤めなのです！」

謙吉は宗琳の受け売りのまま、顔を上げ、声も張り上げた。

すると、角蔵がスッと立ち上がって、

「あっ。おめえ、やっぱり謙吉じゃねえか。そうだろ、謙吉。ここに隠れてたってのは、本当のことだったんだな。金返せ！」

と大声を出した。

だが、すぐに両隣にいた檀家の者が角蔵を座らせた。無礼なことをするな、罰が当たるぞという声も聞こえた。

「いや、そのとおりだ……もう隠すことなんて嫌だ……俺は、ここにいる何人かの人も含めて、金欲しさに騙した。それが糊口《ここう》を凌《しの》ぐためだったからだ」

参拝客は驚いて見上げていたが、誰も批難めいたことは言わず、黙ったまま凍りつ

いていた。それでも、謙吉の方が前のめりになって手を突くと、

「申し訳ありませんでした。私の罪は、一生かけて償《つぐな》います。本当に悪いことばかりしてきました。百万辺謝《あやま》っても、謝り足りないかもしれないけれど、ご免なさい」

すべてを吐き出した。その謙吉の顔には、すがすがしさすらあった。

参拝客のひとりがまた立ち上がった。

「――これは、とんだ茶番ですな……私はこれまで、何度もお布施をしてきましたが、金輪際、致しません」

それは、『達磨屋』徳兵衛だった。本所深川界隈の者なら、奇特な高徳家だと誰もが知っている御仁である。その風貌は商人でありながら、学者風でもあり、知性に溢れていた。

「まったく、こんな生臭坊主のために、金を払っていたと思うと、反吐《へど》が出ますわい」

悪態をつく徳兵衛の顔を見ていた謙吉は、アッと目を丸くして、

「そうか……あんたのことだ……ひらがなで〝だるま〟って書いてたから、何のことかと思ってたが、あの財布の中にあったのは、あんたがしてたことだ」

と唐突《とうとつ》に言った。

「ああ、そうか。ようやく分かった……銀三兄イは、徳兵衛さんを脅してたんだ……ああ、そうだ、きっとそうに違いない」

「何を言い出すのです、このバカ坊主が」

徳兵衛は感情を露《あら》わにしたが、謙吉は構わず続けた。

「その『達磨屋』は、色々な人から沢山《たくさん》の寄付を集めている。それを困った人に与えるというのが〝売り〟ですが、実は、梵天の寅蔵と組んで、ほとんどは自分たちの贅《ぜい》沢《たく》のために使ってるんだ」

「なにを、ばかばかしい」

「書かれていた数字は、裏帳簿か何かだ。ああ、そうに違いない。銀三兄イはそのことを摑んで、あんたを脅したために、殺されたんだ。殺したのは、政吉だ。もちろん、寅蔵に命じられてな」

「下らぬ。人殺しのくせに、そんな出鱈目《でたらめ》を！　証拠があるのか」

ムキになって徳兵衛が騒いだ。

その時、本堂の前の石畳の真ん中で、キラリと光るものがあった。まるで、その一点だけを、日光が射しているようだった。

「あっ！　財布！　あれだ、あれ！」

謙吉が指をさすと同時に、吉右衛門がその財布を拾った。

「これですかな」

来客たちが一斉に振り返ると、吉右衛門が掲げた財布は、まさに後光が射している
ように燦《きら》めいている。

それを掲げている吉右衛門の姿は、掌を掲げている聖観音像のように見えた。

誰もが深くて長い溜息をついた。

その後——。

古味と熊公は、謙吉が明らかにしたことの裏を取り、徳兵衛や寅蔵は騙《かた》りとして捕縛され、お白洲にかけられた。政吉も銀三殺しの下手人として捕らえられ、三人はいずれも死罪となった。

「和馬様……あなたもとどのつまりは、徳兵衛にしてやられてたってことですな。立派な人と思って、なけなしの金を出していたのですからねえ」

吉右衛門が呆《あき》れ果てたように嘆くと、和馬は飄々《ひょうひょう》としながらも、

「騙すより、騙されろっていうしな」

「程度ものでしょう。一体、幾ら無駄にしたか、算盤《そろばん》を弾いてみましょうかね」

「失ったものを数えても仕方があるまい。それより、本当の篤実家《とくじっか》を探して、困窮し

ている人々や病に罹《かか》って身動きできない人たちを助けるしかないいな」

あっけらかんとしている和馬を、吉右衛門は責める気にはなれなかった。

「それにしても……謙吉は良かったですな。閻魔耳に告白したお陰で、普門院にて本当の修行僧になった。人は変われる。いや、元に戻ったのですかな。楽しみ楽しみ」

吉右衛門は、かんらかんらと笑った。

この一件があってから、高山家は普門院の檀家筆頭となり、さらに福祉事業に務めるのであった。

第三話　幻《まぼろし》の天女

一

花の命は短い。

桜の花びらが風に舞っている朝、高山家の門前に、小さな文箱《ふばこ》が置かれていた。門扉《もんぴ》を開けて気付いた吉右衛門は、それを手に取ると玄関に持ち運び、綴《と》じ紐《ひも》を解いた。中には、高山和馬様と達筆で表書きされた封書があった。すぐに奥座敷で起きたばかりの和馬に手渡したが、中身を開いても、首を傾げるだけであった。

「一体なんだろうな、これは……」

「何と書かれているのです」

吉右衛門が訊くと、「ほら」と和馬が見せた。受け取って読むと、

――お手を貸して下さいまし。あるお宝の隠し場所を知っております。それを世のため人のために使いたく存じます。一度、おめにかかって、お話ししとうございます。かしこ

と、やはり達筆で記されている。

筆の流れはなめらかで、いかにも女らしかった。だが、差出人の署名もなく、何か意味ありげな悪戯《いたずら》にしか思えなかった。

だが、同じ形と色合いも同じ文箱が、昼頃にも夕方にも置かれてあった。

高山家には人の出入りが多いので、もし文箱を置くような者がおれば、誰かが気付くはずだ。が、文箱を運んで来た女などを見た者はいなかった。かなり用意周到な行為であると、吉右衛門には感じられた。

中には封書があって、やはり思わせぶりな書き方の文が記されていた。

――読んで下さいましたでしょうか。私ひとりでは難しい事案です。ぜひに高山様のお力添えを御願い致します。かしこ

――お宝は悪い奴が狙っております。もし、その手に落ちれば、人々を救えなくなりますし、私の命も……かしこ

夕方の文には、和歌が添えられていた。

――深草の野辺の桜し心あらば、今年ばかりは墨染《すみぞ》めに咲け
これも意味深長《しんちょう》なもので、和馬の心の中は妙にざわついた。

吉右衛門はこの歌を詠んで、

「もしかして、誰か女に恨まれるようなことをしましたかな、和馬様は」

「そうだな……自分には覚えはない。もしあるとすれば、逆恨みに過ぎぬであろう」

「ま、和馬様のことですから、女を泣かすような真似は致しますまい」

「当たり前ではないか。何か含みがある言い方だな」

「そう感じる和馬様にこそ、何ぞ疚《やま》しいことでもあるのでは？」

「棘《とげ》があるなあ……おまえこそ、老いらくの恋とかしてるのではないのか」

「そうありたいものですなあ……」

にこりと吉右衛門は笑ってから、改めて文を和馬に見せた。

「しかし、この歌は気になりますなあ」

「俺には素養がないから、よく分からないが、怨み言でも書いてあるのか」

「草深い野辺に立つ桜の花よ、もしお前に心があるならば、今年だけは墨色に染めた花を咲かせて欲しい……」

「誰か死んだのか？」

「恋の歌ではなく、平安の昔、四代の天皇に仕えた関白《かんぱく》の藤原基経《ふじわらのもとつね》が亡くなった悲しみを、上野岑雄《かんつけのみねお》が詠んだ歌でしてな、国を支えた人として大勢の人々に頼られ、慕われた人だったのです。この御仁が亡くなったことで、世の中も墨色のように真っ黒になったと嘆いたのですな」

「なるほど……俺もそうありたい」

「それは無理でしょうが、世の中の一隅を照らすくらいのことはできましょう」

「ま、そうだな……で、この歌を俺に贈ってきた意味は何なんだろう」

「そうですなあ……春の命を華やかに彩る桜の花は、失った命への悲しみをより濃くする。桜の花よ、せめて今年の春だけは、その花の色を、墨の色に染めて咲いて欲しい……そんな願いを込めているのでしょうが、暗い墨の色が、差出人の気持ちだとしたら、薄桃色の桜の花びらは、和馬様、ということですかな。むふふ」

「笑うなよ、気持ち悪い」

「いずれにせよ、一度は、会ってあげた方が、和馬様自身もスッキリするのではありませぬか。美しい女かもしれませんし」

「おいおい、そんな思わせぶりなことを言うでない」

「この文の方が思わせぶりですがな」

「だが、会いたくても何処へ行けばよいかも分からぬ。やはり悪戯であろう。その気になれば、向こうから会いに来ることだってできるはずだからな」

和馬が少しばかり気にかけていると、翌朝、また同様な文箱があって、できれば会いたいと要望が書かれてあった。

場所は、〝千年桜〟と呼ばれる向島《むこうじま》の墨田堤《すみだづつみ》の一角であった。そこには、今も大きな桜の木があって、他の桜はとうに散り始めているのに、こんもりと薄桃色の山のように咲き誇っていた。

とにかく話だけでも聞こうと来てみたが、待ち合わせの刻限には、誰も現れなかった。いや、花見の客はごった返していたのだが、肝心の女が現れなかったのだ。

女かどうかも分からぬ。文字や書きっぷりから、こっちが勝手に思っているだけで、本当はどういう人間かまったく分からない。

「やはり無駄足だったかな……」

和馬は花の盛りの桜を見物だけして、屋敷に帰るのだった。

翌朝は小雨が降っていた。

その門前に、また文箱が置かれており、吉右衛門が運んで来ると、中にはいつものように封書が入っていた。

開けてみると、中の文には少し血が飛び散ったような痕跡があって、

――昨日は申し訳ありませんでした。身支度《みじたく》を調《ととの》えて行こうとした矢先、妙な輩《やから》に阻まれて、行くことが叶いませんでした。誰かは分かりません。怖くなって、家に帰ったのですが、玄関の踏み石に足を取られて、少し怪我をしてしまいました。また改めて、お報せ致します。本当に申し訳ありません。かしこ
と少し慌てた様子で書いてあった。

素直に読み取った和馬は、女の身に何か危ういことがあったと心配した。しかし、吉右衛門の方は訝《いぶか》しげに口元を歪めた。

「やはり手の込んだ悪戯ってことですかな。捨て置きましょう」

「どうして悪戯と言い切れる」

「今日はしょぼついた雨ですよ。怪我をしたのなら、かようなものをわざわざ運んで来ますかね。おかしいとは思いませんか」

「まあ、そう言われれば、そうだが……何か事情があるようだし、この血の痕《あと》だって、偽物とは思えぬ」

「わざわざ文に付けたところに、作為を感じますな」

「そうかな……」

「和馬様はそう思われませぬか」

「文箱も、女が持ってきたとは限るまい。使いの者かもしれぬ。文字の使い方から見て、武家と思われるし、何か深い事情があるように思える。俺と会うことを阻止した輩がいるのだからな」

真剣なまなざしになる和馬を、吉右衛門は呆《あき》れ顔で見ながら、

「そう書かれているだけです。差出人が女かどうかも、実のところは分からぬではありませぬか。かようなものに惑わされたり、拘《こだわ》ったりすることはありませぬぞ」

と説教口調で言った。

「そうだな……そのとおりだな……」

和馬も頷いてはみたものの、心の何処かには鈎《はり》が引っかかっていた。

しかし、その日の昼も、夕方も文箱が届けられることはなかった。雨脚が強くなったから、きっと持ってくるのも面倒臭くなったのであろう。吉右衛門はそう思っていた。

だが、翌朝にはまた文箱が置かれてあった。土砂降りの中で、文箱は表門の雨樋《あまどい》から落ちる雨水に打たれていた。

中味の封書も濡れており、文字も滲《にじ》んでいたが、読み取ることはできた。

──今日も表に、怪しげな侍が二、三人おります。なので、文を届けることも会いに行くこともできません。でも、なんとしてでも、お宝を可哀想な人々のために使いたいのです。この文は、中間《ちゅうげん》の喜助《きすけ》に頼みました。かしこ　皐月《さつき》

とだけ、いつもの筆跡で書かれてあり、「皐月」という名が初めて記されていた。

「皐月……か」

和馬は文を手にして、やはり女には何か人知れぬ事情があるのだと思った。何処で何故、和馬のことを知ったのかは不明だが、お宝なるものを困った人々のために使いたいと願う女の気持ちは察した。

昼頃、大工棟梁《とうりょう》の角蔵が、表門に置かれていたと文箱を届けに来た。受け取った和馬は、待ち侘びていたように中の文を見た。そこには、やはり女文字で、

──会いとうございます。でも、まだ怪しげな侍がいて出ることができません。でも、会えば、高山様にも迷惑がかかるかもしれませんので、今は控えておきます。皐月

と書かれていた。

何度も食い入るように見ている和馬の姿を見て、角蔵はからかうような目になって、

「若旦那……コレですかい？」

と小指を立てた。

　慌てて文を畳みながら、和馬は苦笑いし、

「そんなものではないよ」

「でも、会いとうございます、なんて書かれてたのが見えやしたしね」

「おまえ、字が読めるのか」

「バカにしないで下せえ。若旦那、あっしのことを、そんな風に思ってたのですかい」

　ふて腐れたように角蔵は言ったが、和馬は軽くいなしながら、

「すまぬ、すまぬ。悪気はない。で……今日はなんだったたっけな」

「人様のことばかりで、忘れちまいやしたかい？　あちこち雨漏りがするから直してくれと頼まれてましたがね。昨日の雨で、また大変だったんじゃありやせんか」

「あ、そうだったな……」

　和馬は曖昧《あいまい》に頷いて、吉右衛門に訊いて、不具合を直してくれと改めて依頼した。角蔵はいつものように威勢良く返事をして、職人気質《かたぎ》らしく働くのだった。

　夕方、和馬はまるで人待ち顔で、表門の所に立っていたが、文箱を抱えた中間らしき者が現れることはなかった。

その夜、遅くなって、飛脚が飛び込んできた。和馬自身が受け取ると、文は皐月からのものだった。

——やはり見張りがいるので、密かに飛脚に頼みました。会いとうございます。明日の正午、ここに来て下さい。誰にも言わず、ひとりで来て下さいまし。別紙に炙《あぶ》り出しにしております。皐月

表門から出ていこうとしている飛脚を、和馬は慌てて呼び止めた。

「おい。これは何処の誰に頼まれたのだ」

「ご存じない方なのですか」

「預けたのは、どのような奴だった」

「あっしが直《じか》に預かったわけではありませんが、番頭の話によると……被《かぶ》り物をした若い武家の女のようだったとか」

「武家女……では、飛脚問屋までは出向いてきたということだな」

「でしょうね。何か不審なことでも？」

「いや、いい……だが、差出人のことで何か分かれば、教えて欲しい。おまえは何処の飛脚問屋かな」

「神田佐久間町《かんださくまちょう》の『ひさご屋』でございやす」

「ご苦労であった」

飛脚が韋駄天《いだてん》で走り去るのを、和馬は不安を帯びた目で見送っていた。いつの間にか、吉右衛門が来ていて、

「和馬様……大工の角蔵から聞きましたが、その女とは関わらない方が、良いのではないですかな。なんだか嫌な感じがします」

「俺もだ、吉右衛門」

「え……？」

「嫌な感じがするからこそ、この女が誰で、何のために、かような文を立て続けに寄越しているのか、俺は暴きたい」

「でも……」

「初めに、会ってあげた方がよいと言ったのは、おまえではないか」

ある決心をした顔つきになって、和馬はいつになく気が昂《たか》ぶっていた。

二

それから数日、同じような文が届いて後、和馬は両国橋《りょうごくばし》東詰の船宿『貴船《きせん》』に来

ていた。ここが皐月から指定された待ち合わせ場所だった。

二階の一室に案内されて、しばらく待っていると、女将《おかみ》に案内されて現れたのは女ではなく、中間であった。役者のような美男で、動きや言葉遣いにもキレがあった。

「お初にお目にかかります。皐月様の小者使い、喜助と申します」

喜助と名乗った男の年頃は三十半ばであろうか。中間暮らしは長いようで、主家に対する言動も所作も深く染み着いていた。

「残念ながら、今日も皐月様は屋敷から出ることができず、あっしが代理で参りました。幾たびに亘《わた》る不躾《ぶしつけ》な振る舞い、どうかご容赦下さいませ」

丁寧に謝《あやま》る喜助に、和馬は軽く頷いて、

「貴船に、喜助か……洒落《しゃれ》てるわけじゃないだろうな」

「たまさかのことでございます」

「で……おまえの主は、一体、誰なのだ」

「皐月様でございます」

「何者なのだと訊いておる。どこぞの旗本か与力の奥方なのか、娘なのか」

「それですが……今は、神田に下屋敷があるさる大名の娘……とだけ申し上げます」

「大名……？」

「はい。ですが、大名の娘とはいっても、養女でございます。少々、複雑な経緯《いきさつ》がありますが、それは皐月様がおめにかかったときに、直《じか》に申し上げると思いますので、私からは控えさせていただきます」

「面倒臭いことだな」

「申し訳ありません。こちらも少々、厄介《やっかい》なことになっております」

恐縮したように喜助は言ったが、和馬の目には横柄《おうへい》にすら感じた。大名だと分かったからかもしれないが、ますます気になった。

「大名の姫君が、一介の旗本に何をどう助けてくれというのだ。お宝を云々《うんぬん》とあったが、有《あ》り体《てい》に話して貰いたい」

「そのつもりで参りました」

喜助はもう一度、丁寧に頭を下げて、

「この大名家は、徳川御三家《ごさんけ》にも繋がる御一門《ごいちもん》でございます」

「御一門……」

「はい。私は渡り中間ですので、殿様には会ったことは何度かしかありませんが、皐月様付きになってから、色々と御家の事情を聞くことになりました」

「御家の事情とは」

「旗本の高山様ならば、ご存じかと存じますが、主君が押込《おしごめ》を命じられ、その後、御家断絶になった暁《あかつき》には、その財産は目録を作った上で、御公儀に差し出さねばなりませぬ」

「さよう……御家断絶になったのか」

「今は微妙なところですが、恐らくそうなります……というのは、殿様は押込が不名誉なことと思い、切腹してしまったのです」

押込は、不行跡のあった殿様を家臣によって強引に謹慎させるものだからだ。そのような不祥事は、和馬も色々な大名や旗本について、何度か耳にしていた。

「で……俺に助けて貰いたい、とはどういうわけだ。お宝のことだ」

「はい。御公儀が私財を没収するとなれば、殿様がこれまで集めた数々の書画骨董の類《たぐい》が、すべて無駄になります。襖や庭石なども、かなりの値打ちがあります」

「御家断絶ならば仕方があるまい」

「ですが、何もかもを御公儀に奪われてしまうのは、あまりでございます。そこで、どなたかに譲り、それを貧しい人や病める人たちのために、役立てて貰いたいと、皐月様は考えたのです」

「…………」

「譲り先を色々と探しておりましたところ、高山様は本所深川界隈で、誰もが尊崇するほどの高徳家だと知りました。失礼な言い方になりますが、わずか二百石の旗本でありながら、すべての私財を投げ出し、数々の功績を残してきたこと。その噂を耳にしました」

喜助は相手の顔色を伺うように、わずかに上目遣いになった。和馬はその態度を見ていて、少し気がかりなことがあった。

「噂、な……」

「はい」

「たしかに人の口に戸は立てられぬが、悪い噂ならともかく、他人を誉める噂なんて、めったに聞かぬ。それに、俺はそんなに大したことはしておらぬ」

「ご謙遜というものです。正しいことをしている人のことは、世間はちゃんと見ているものでございます」

「煽《おだ》てても無駄だ」

和馬は毅然と言ってのけてから、本当の狙いは何かと尋ねた。

「今、あっしが話したとおりでございます。大変な私財を無駄にしたくない。その他にも、実は隠し財宝というか……皐月様の言うお宝もあります。それをすべて、高山様に委《ゆだ》ね、世のため人のために役立てて貰いたいのです」

「待て待て……俺はお人好しと言われているが、そこまでバカではない」

「バカだなんて、とんでもありません。あっしはそのようなことは……」

　喜助は申し訳なさそうに首を左右に振った。

「まあ聞け、喜助とやら……俺が言いたいのはふたつある。ひとつは、その殿様の財宝とやらは、公儀に差し出して役立てて貰えばよい。幕府が大名の私財を没収するというのは、再起を図らせないという狙いだからだ。その金などは、幕府の財政にするのではなく、必ず世のために使うことになっておる」

「それは承知しておりますが、何に使われるかは分かりません。皐月様は、明確な使い道を提示したいのです」

　必死に喜助は言い訳めいたように話したが、和馬は手を掲げて、

「もうひとつ言いたいことは、皐月という女が本当にいるかどうか知りたい……ということだ。この気持ちは分かるな」

　と訊いた。

　素直に頷いた喜助は、すぐに説明した。

「ご心配させて申し訳ありません。皐月様がかような動き……つまり、殿様の私財を

処分しようとしていることに、家老たち一派が気付いて、阻止しようとしているのです」

「何故に」

「我が藩の恥を言うようですが、おそらく家老たちが勝手に処分しているものもあるのだと思います。きちんと精査すれば、家老たちが横領したことも明白になりましょう」

「横領、とな」

「ですが、皐月様はそれを暴くつもりなど毛頭ありません。なんとか人々の役に立てたい……そう願っているだけなのです」

切々と訴える喜助の表情には、単なる使用人ではなく、皐月への秘めたる情熱があるようにすら感じた。和馬はその気持ちを感じ取ると、益々《ますます》、皐月なる姫君に会ってみたいと思うようになった。

「分かった……とにかく、俺もできることはしてみたいが、まずは皐月とやらに会わないと、なんとも動きがたい」

「はい、承知しております」

「それと、この際、はっきりと大名の名を言って貰いたい。でなければ、旗本の身分であるからには、将軍家を裏切ることはできないのでな。分かるな……」

「はい……では、申し上げますが、事が成就するまでは、ご内聞に願います」

「承知した。武士に二言《にごん》はない」

「松平出雲守正武《まつだいらいずものかみまさたけ》様にございます……どうか、どうか、よしなにお願い致します」

喜助は改めて、深々と土下座をした。

その話を受けて、和馬はすぐに松平出雲守のことを調べてみた。名前は聞いたことがあったが、たしかに中国《ちゆうごく》に領地があり、若年寄も務めたことがある御仁《ごじん》だ。

数年前、隠し銀山のことで公儀から責め立てられたという。自国の山中に見つけた銀山を公儀に届け出ないまま、秘密裏に掘削《くつさく》し、さらに若年寄の地位にいたために、長崎《ながさき》奉行らに密かに命じて交易し、莫大な富を蓄えていたらしいのだ。

和馬は自分なりに、それが事実かどうか調べてみたが、一介の下級旗本で、しかも小普請組の立場であるから、有力な裏話を手に入れることは難しかった。

だが、北町奉行の遠山左衛門尉景元は、昵懇《じつこん》とまではいかないが、これまでの関わりから、それなりの付き合いがある。問い合わせをしたものの、

――子細は分からぬ。

という返事であった。恐らく公儀には秘密にしておきたい事情があるのであろう。

大名の内輪の事情ならば、大名家に嫁《とつ》いでいる伯母《おば》の千世《ちよ》に訊く手もあるが、下手《へた》に関わらせると厄介事が増えるだけであろうから、伏せておいた。

「いや、しかし、気になる……」

和馬は会えそうで会えない皐月という娘が、気になって仕方がなかった。

三

小普請組支配の大久保兵部に尋ねてみたところ、松平出雲守に関わることは、ある程度は判明した。

大久保は三千石の旗本で、遠山左衛門尉景元とは同じ家格である。幕閣にも深い関わりがあるから、事情ははっきりとした。たしかに、隠し銀山のことで御家断絶になりそうなものの、まだ評定所《ひょうじょうしょ》にて決裁はしていない。やはり、御一門であることから、藩として潰して良いのかどうかを苦慮しているのであろう。

それらの事情を知った上で、和馬は自ら神田佐久間町にある松平出雲守の下屋敷に来てみた。辺りは職人街も多く、下町らしい活気に溢れており、その一角に一際《ひときわ》目立つ、長屋門の立派な屋敷があった。

真っ昼間であっても表門は閉じられており、屋敷内に人がいる気配もなかった。もっとも、藩主の家族や下働きの者たちはいるのか、出入りの商人などはたまにいるようだった。いかにも世間に目立たないように、ひっそりと暮らしている様子だった。

下屋敷の周辺をうろうろしながら様子を見ていた和馬は、その表門が見える所にある蕎麦《そば》屋に入った。

縄のれんを潜《くぐ》ると、老夫婦が同時に「いらっしゃい」と声をかけてきた。長年、ふたりだけで営んでいるような小振りの店である。和馬は格子窓越しに表門が見える席に座ると、ざる蕎麦を一枚と燗酒《かんざけ》を頼んだ。

「旦那様も、松平様のご家来でしたか？」

と女将が訊いてきた。

「いや。そうではないがな……元家臣たちが訪ねてくるのか？」

「近頃はとんと……殿様がご切腹なされてからは、あまり見かけません」

「長年、ここで蕎麦屋をやっている風情《ふぜい》だが、これだけの大名家がなくなると、売上げも落ちるだろうな」

「少なからずあります。宵《よい》などは、必ず中間部屋の方々が来てくれましたからね。もちろん、ご家来の方々にも出前を届けたりしてました……でも、こんなことになるとはねえ。世の中、何があるか分かりませんね」

「まだ姫君はいるのかな」

「姫君……」

「ああ、皐月という名前らしいが」

和馬が尋ねると、女将《おかみ》は小首を傾げて、

「ええ、たしかにお姫様はひとり、いらっしゃると思いますが、名前までは……」

「父上が亡くなったのだから、さぞや気落ちしているだろうな」

「かもしれませんね。ご正室も何年も前に亡くなられてますから、おそらく寂しく暮らしてるのだろうと思います。もっとも、どれだけ分かっているかは、分かりませんが」

「む？　どういうことだ」

不思議そうに顔を向けた和馬に、女将は声をひそめて言った。

「お体が悪いのですよ。幼い頃から」

「体が悪い……」

「といっても、ここが少し……」

女将は頭を指した。

「なので、養子縁組みも上手《うま》くいった例《ためし》がなく、色々と大変だったみたいです。お武家様って、跡継ぎがないと御家断絶になってしまうのでしょう？　だから……」

噂話が好きそうな女将が喋《しゃべ》っていると、主人が蕎麦と酒を厨房から差し出して、

「おい。余計なことをペチャクチャ言うんじゃねえ」

「あっ、ごめんなさい」

シマッタと口をつぐんだ女将は、慌てたように和馬の前に蕎麦と酒を置いた。

「──ふむ……そういうことか……」

何処か釈然としない和馬だが、蕎麦はズズッと音を立てて食べ、酒をぐいっとやると俄かに酔った。下戸《げこ》のくせに、恰好をつけて飲むときがある。表に出たときは、少し足下が揺らいでいた。

そのときである。

「旦那様……高山の旦那様ではないですか」

屋敷の裏手の方から声をかけながら近づいてきたのは、喜助だった。

「おお、中間の……」

「どうして、こんな所にいらっしゃるのですか」

「なに、少々、気になってたものでな」

「こちらへ……」

屋敷から少し離れた路地に和馬を連れ込みながら、喜助はひそひそ声で言った。

「殿がいなくなってから、家老の稲葉《いなば》様が上屋敷のみならず、下屋敷まで仕切っており、皐月様は幽閉されているも同然なのです」

「そうらしいな」

「えっ。ご存じなので？」

「蕎麦屋が話しておった。体が悪いらしいのは本当か」

「ええ、生まれつきでして」

「ここがか？」

和馬が頭を指すと、喜助は首を左右に振りながら、

「誰がそんなことを。たしかに、気を塞ぐことは時にありますが、お父上があんな目に遭ったのです。その上、屋敷に閉じ込められていたのですから、辛いのは当たり前です」

と皐月のことを庇うように言った。

「あ、そうだ、旦那……今日はその家老の稲葉様がいませんから、皐月様と会えるかもしれやせん。直に話してみてくれやせんか」

「屋敷でか」

「それでも構いませんが、稲葉様の家来がおりますから……うまいこと目を盗んで、皐月様を連れ出しますから、この先の神田川沿いにある『三島《みしま》』という小料理屋にいて下さい」

「小料理屋……」

「小さな店ですが、殿様がお忍びで行っていた馴染みの店です。もちろん、皐月様のことも、そこの主人はご存じです。よろしくお願い致します」

喜助は押しやるように言うと、すぐに屋敷の方へ翻《ひるがえ》っていった。

和馬が見送っていると裏手の勝手口の方に廻っていった。短い溜息をつくと、和馬は言われたとおりに神田川の方へ向かった。川沿いに瀟洒《しょうしゃ》な趣《おもむき》のある料理屋が何軒か並んでおり、その中に『三島』もあった。

格子戸を開けて入ると、白木一枚板の付け台と奥に小上がりがある程度の店だった。仕込みをしていた四十絡みの主人は、襷《たすき》がけをしていて、年季の入った板前らしい凜《りん》とした風貌をしていた。

「人と待ち合わせているのだがな……喜助という中間なのだ」

名前を出すと、主人は事情をよく知っているのか、目を輝かせて、

「二階でお待ち下さい。もしかして、皐月様もいらっしゃるのでしょうかね」

と訊いてきた。

「さあ、俺には分からぬが、とにかく待たせて貰う」

四半刻したが、喜助は来なかった。もしかして、家臣に見つかって、難儀な事になっているのかと心配になった。思わず立ち上がって、様子を見に戻ろうとしたとき、

「お見えになりましたよ」

と階下から主人の声がかかった。

御高祖頭巾《おこそずきん》に綸子《りんず》の着物の武家娘が、楚々《そそ》とした足取りで階段を登ってくるのを、和馬は恐縮した態度で見守っていた。

「狭苦しい所に申し訳ありません」

もう一度、主人の声がした。ゆっくりと上がってくると、立って待っていた和馬に、武家娘は申し訳なさそうに頭を下げ、当然のように床の間のある上座に座った。

「ようやく、おめもじ叶いました……皐月と申します」

涼やかな声で挨拶をしてから、御高祖頭巾を取り払った。

現れた顔は、この世のものとは思えぬほど美しい目鼻立ちだった。艶《つや》やかな色白で、儚《はかな》げな瞳は少し青みがかっており、〝絶世の美女〟とはかような女かと思えるほどの

器量良しだった。

「高山和馬です。松平出雲守のご息女とお聞きしております……喜助は？」

「下におります。ふたりだけになれるよう配慮してくれました」

「ご家老の監視があるとのことですが、よく屋敷から出られましたな」

「はい。喜助が上手《うま》い具合にやってくれました。それよりも、高山様、私の願いを聞き届けていただけますでしょうか」

皐月は食い入るような目つきで、和馬を見つめた。あまりにも純粋で、戸惑ってしまうほどだった。

「——もちろん、あなたの気持ちは分かります……分かりますが、何故、私なのです」

「喜助が話しませなんだか」

「聞きました。しかし、私になんぞ頼まなくても、御家の金品は姫君の思うがままに処分することができるのではありませぬか」

「御家の金品……」

「公儀に取られるくらいなら、暮らしに困っている人々に分け与えたいのでは？」

和馬が確かめるように言うと、皐月は少し困ったように伏し目がちになった。しば

らく黙っていたが、潤いのある瞳を向けて、

「もちろん、それもあります……ですが、それよりも、もっと深い理由があります」

「何ですかな、それは」

「――その……」

皐月は胸が高鳴るような苦しい表情になって、和馬を見つめ続けていた。あまりにも美しい瞳の輝きに、和馬は目の置き所に困ってしまうほどだった。

「あなた様と……できることなら、添い遂げたい……嫁にして貰いたいのです」

「なんと……!?」

あまりにも唐突なことに、和馬は素《す》っ頓狂《とんきょう》な声を上げた。

「まだ会ったこともなかったのに、あまりにも吃驚《びっくり》してしまいました」

「私は何度もお見かけしたことがあります」

「………」

「たまたま富岡八幡宮に出かけた折です。あの時はたしか隅田川などの水害が激しく、あの辺りも川が溢れて、大変な状況でした。私は何も知らずに暢気《のんき》に参拝に出かけたのですが、目の前の惨状に思わず立ち尽くしました」

去年の夏頃の話だなと、和馬は思った。

「中には、長屋など住む所を流された人たちもいて、怪我をしたり、行方知れずの方々も沢山いたようですね。深川診療所にも多くの人たちが駆け込んで、治療を受けたりしておりました」

「ああ。あの折は、大変でした」

「そんな中で、あなた様は、炊き出しや瓦礫《がれき》の片付けなどを率先してしておられた。もちろん、その時は誰かは知りませんでしたが、深川の人たちに訊いたら、みんな口を揃えるように教えてくれました」

「俺だと……」

「はい。目の前の困った人を助けずにはおられない。しかも、先祖伝来の宝物《ほうもつ》や自分の俸禄のほとんどを投げ打っているとか……その話を聞いて、私は密かに……密かに、あなた様と添い遂げたいと願ったのです」

あまりに突然の打ち明け話に、さすがに和馬は困惑を隠しきれなかった。が、息がかかるほど近くで、天女のような娘に見つめられると、顔が火照《ほて》ってきた。

「あ、いや……俺は姫君が思っているような徳のある武士でも優しい人間でもない。ただの物好きに過ぎない。周りの者たちは、みなそう言っている。大体が、俺は小普請組という無役の小身《しょうしん》旗本。少しくらい人のために働かないと、それこそ只飯食いだと世間から批難されるゆえな。それだけのことだ」

「まあ……なんて謙虚な御方でしょう……」

見つめる皐月の瞳は子供のように美しいからか、和馬はなんとなく蕎麦屋の女将が話していたことを思い出した。頭が少し弱いのではないかということだ。

「私はその際に、父上に相談しました。うちにあるものを投げ出して、人々を助けたら如何《いかが》かと……その直後に、あの切腹の事件です……何年も前の銀山の一件で、突如、あのような理不尽なことが……」

「…………」

「確かなことは言えませんが、あれは江戸家老の稲葉のせいだと思っております」

「江戸家老の……」

「はい。隠し銀山のことも、密かに発掘して私腹していたのは、稲葉なのです。元々は国家老でしたからね。それが公儀隠密にバレたものですから、すべてを父上のせいにされたのです」

皐月はわずかに唇を嚙む仕草をした。その表情もまた男心を擽《くすぐ》るのだ。

「稲葉には、御家の宝物を貧乏人に恵む器量なんぞありません。独り占めするために、父上を切腹に追い込んだのかも……」

言いかけて、皐月は目を潤ませた。

「――申し訳ありません……こんな女、嫁にするなんて、ご迷惑ですよね……」

「いや、そんなことは……」

「本当に、申し訳ありません……やはり私の我儘《わまま》でございます……もし、あなた様の妻になれるのでしたら、父から受け継いだものはすべて、可哀想な人々に与えることができると……浅はかな考えでございました」

深々と頭を下げた皐月だが、和馬はその意図を確かめるために、訊き返した。

「あなたの思いは分かりました。喜助が話していたとおり、公儀に没収されるくらいならば、多くの人々の役に立てたい……と」

「そのとおりです」

「本当に嫁になるかどうかは、お互い自分だけでは決められないし、相談すべき人もいるでしょう」

「私にはいません……」

「まだ御家断絶が決まったわけではないでしょう。二百石の旗本とは、あまりにも身分が違いすぎます」

「そんなこと、関係ありません……私は、本当に……本当に、あなた様のことが

「……」

熱いまなざしになる皐月を、和馬は優しく微笑《ほほえ》み返して、

「あなたの思いを、どうやって真《まこと》にするかを、俺も考えてみたい。うちには、良い知恵を出す年寄りがいますから、必ずや、あなたの人々への思いを叶えたいと思います」

と断言した。

「本当に……本当ですか……」

「はい――」

「嬉しい……嬉しい……」

皐月は思わず、和馬に崩れるように抱きつくのであった。

四

「なるほど。それは、かなりの重症ですぜ」

角蔵は大工仕事をしながら、大笑いをした。いつぞや見た封書は、やはり恋文のようなものだったのだと、からかった。

「で、若旦那はどうなさるんで？　そんな美形ならば、さっさとやっちまえばいい」

「下品なことを言うな」

和馬は真剣に怒った声になった。

「グズグズしてたら、他の奴に取られちまいますぜ。俺が様子を探ってきましょうか。何処の誰兵衛でしたかね」

「余計なことはしなくていい。だが、なんとかしてやりたいという思いはある」

「だったら、あっしに任せて下さい。そのお屋敷の中の様子を探るくらい、大工にとっちゃ朝飯前でさ」

「また昔の癖が出たんじゃあるまいな」

「え……？」

「建て付けを直すと言って屋敷に入り、金目のものを物色《ぶっしょく》するってやつだ」

「若旦那。それはないでしょ。あっしはきれいサッパリ……」

「悪かった。すまぬ、すまぬ」

素直に謝った和馬に、

「だったら、あっしに任せておくんなせえ」

と角蔵が調子よく胸を叩いたとき、いつの間にか来ていたのか、千世《ちよ》が廊下を歩いてきていた。いつものように大名の正室らしからぬ、ふつうの着物で、けっこういい年なのに髪も娘のような島田に結っている。

「聞きましたよ、和馬。またぞろ余計なことに首を突っ込んでいるらしいですね」

「伯母上……いつもいつも、かように大名屋敷をお出になってよろしいのですか？」

「それこそ余計な心配は無用です」

千世は和馬の亡《な》き父親の姉で、武蔵浅川《あさかわ》藩一万二千三百石の藩主・加納丹波守《かのうたんばのかみ》正嗣《まさつぐ》の正室として嫁いで十幾年になる。

だが、跡継ぎをもうけることができず、嫡男は側室が産んだので、御家の中では立場が悪くなっているようなのだが、決して口には出さない。その厳しい表情を見ていると、穏やかな父親とは正反対なので、

——同じ姉弟で、どうしてこのように違うのであろうか。

と和馬は思っていた。

「元若年寄の松平出雲守様の姫君のことで、動いているそうですね」

「えっ……どうして、そのことを」

「吉右衛門から聞きました」

「おかしいな……吉右衛門にはその話をしていないはずだが」

「小者扱いにしていますが、あなたの側役も同然ではないですか。主君のことを心配して見守っているのは当たり前です」

「主君とは大袈裟《おおげさ》な……」

「そういう心がけですから、武家も町人もごっちゃにした対応しかできないのです。いいですか、よく聞きなさい、和馬」

いつもの説教が始まった。和馬は背中を向けて御座敷に向かったが、当然のように千世は追ってきて、

「松平出雲守の姫君と逢い引きをしているそうですね」

「逢い引き……そんなバカな」

「あなたには、志乃《しの》様という立派な許嫁《いいなずけ》がいながら、どうして他の女とふたりだけで会ったりするのです」

志乃とは一橋《ひとつばし》家の娘で、後《のち》の福井《ふくい》藩主・松平 春嶽《まつだいらしゅんがく》の姉である。和馬がいつぞや、幕府絡みの事件に巻き込まれたのが縁で、志乃と出会ったのである。

もっとも、ふたりにそのような意図があるかどうかは、まだはっきりしていないが、少なくとも志乃は和馬に惚れており、それを知っている千世は、夫婦にするべきふたりだと思い込んでいる。

「伯母上の早とちりです。俺は相談に乗っているだけです」

「知ってますよ。御家断絶後の私財の使い道のことでしょう。ええ、私は地獄耳ですからね。一応、大名の正室ですから、隠密だって何人か抱えておりますよ」

「あ、そうですか」

「なんですか、その居直った態度は……ちゃんと聞きなさい、和馬」

千世は真剣な目つきになって、和馬の前に立った。

「松平出雲守は私の主人である加納丹波守とも知らぬ仲ではありませなんだ。切腹したのは残念ですが、隠し銀山のことは当人の知らぬことだと、公儀に対して御家断絶を取りやめるよう嘆願もしておったのです」

「そうなのですか……」

「ぼさーっとしているから、世情に疎《うと》くなるのです。しっかりしなさい」

さらに千世の言葉遣いは強くなって、

「いいですか、和馬。あなたが相手にしているのは、その娘さんですよ。大名の娘です。いえ、大名だからどうのこうのと言いたいのではありません。一橋家に許嫁がいるのですからね」

「ですから、それは……」

「まだ私が話してます。その姫君というのは、実は長年、病《やまい》を患《わずら》っていて、外に出ることも叶わないほどの重症なのです。噂に聞けば、物を言うのも不自由なほど、心の病に罹っているとのこと」

否定をするとさらに文句が多くなるであろうから、和馬は黙って千世の話を聞いていた。すると、妙なことを言い出した。

「たしかに皐月様という姫君はおいでですが、もう何年も前から、御正室とともに国元に帰っておいでです。その代わりに藩主の甥御《おいご》様が上屋敷に住んでおります」

大名は参勤交代が義務づけられており、藩主の妻子や親族などを〝人質〟のように江戸に置いてある。これは天保の世になっても変わらない慣習だ。しかし、それは原則で、徳川家御一門や譜代、幕閣などには事情があれば例外の措置が取られた。

「ですから、皐月様が今、江戸にいるということ自体が、おかしな話なのです。和馬……その姫君とやらは、偽物ではありませぬか」

千世は妙に危ない事態に対する予感が的中することが多い。生まれもっての才覚としか言いようがないが、たしかにこれまでも幾度か、御家の危難の時に発揮していた。しかし、父親があらぬ〝横領容疑〟で自刃《じじん》することまでは見抜けず、高山家はすんでのところでなくなるところであった。

和馬は深い溜息をついて、

「自分のせいではないのに責めを受けて、切腹したということも、うちと似ていたので、つい情けをかけたのですが……それならそれで、かの皐月が何者であるか、俺の手で調べてみます」

と言うと、千世は呆れた顔になって、

「おまえは子供の頃から人が良すぎる。騙《だま》すには丁度良い人柄ですからね」

「俺には、あの女が言っていることが嘘とは思えぬのです」

「まだ、そんなことを……」

「この俺を騙して何の得がありましょうや。金を出せと言ってるわけではない。貧しい人々に、私財を投げ出すと言っているのです」

「そこに何か裏があるくらい、分からないのですか」

「伯母上のように人を疑ってばかりでは、世の中、良いこともすべて悪く思えてしまいます。大丈夫です。何とかします」

和馬とて、皐月のことを不審に思っていないわけではない。文箱を届けてきたところからして、何か曰《いわ》くがあると感じている。

その日の夕暮れ——。

　中間の喜助が高山家を訪ねてきて、また皐月からの文を手渡された。

　それには、顔が火照るような美辞麗句の恋心が綴られており、切腹した父親への思い、そして何より、和馬を失ったら、これからどうやって生きていけばよいのかと、切々と訴えていた。

　――露をなどあだなるものと思ひけむ　わが身も草に置かぬばかりを
　と結んでいた。

　これは、恋愛の歌ではなく、藤原惟幹《ふじわらのこれもと》という人の哀傷歌であるが、人生の終わりを歌ったものを、なぜ若い娘が送ってきたのかが、和馬にも分かるような気がした。それほど父親の死に衝撃を受け、切羽詰まった状況であるのであろうと、推察したのだ。

　しかし、千世の言うとおり、偽の姫君であるならば、何のために近づこうとしているのか、和馬自身が気になっていた。

「のう喜助……いま一度、皐月に会いたい」

「それは嬉しいこと。きっと皐月様も喜ぶことでしょう」

「確かめたいこともあるのだ」

「えっ……確かめたいこととは、なんでございましょうか」

訝《いぶか》しんだような喜助の問いかけに、和馬は一瞬、言い淀んだが、気を取り直したように笑顔を浼らして答えた。

「――会ってから、寝ても覚めても皐月様のことばかりが、この胸に居着いておってな……俺も本心を伝えたいのだ」

「ご本心を……」

「俺の妻になりたいなどと嬉しいことを言ってくれたが、あのような美しい娘が……とても信じられぬのだ」

「ようございますとも。きっと、皐月様も大喜びでございますよ」

喜助は承知したとばかりに、一旦、引き返し、また先日会った『三島』という料理屋の二階で会うことになった。

皐月の面差《おもざ》しはこの前のまま美しく、憂いのある表情も艶《あで》やかさを増していた。

「――話は喜助から聞きました……私の思いを受け止めて下さりありがとうございます。信じてよろしいのでしょうか」

「ああ、心底、惚れた……あなたという人にな……」

「嬉しい」

「でも、ひとつだけ訊きたい」

「はい。なんなりと……」

「あなたは、本当に心から、俺の妻になりたいと思っているのですか」

「もちろんです」

「だったら、どうして、あのような歌を送ってきたのです」

「歌……？」

「あまりにも儚《はかな》げで、こんなに若いのに、まるで死んでしまいそうな……藤原惟幹という人が詠んだ辞世の句などを送ってきたのか、俺には分からないのだ」

「え、それは……」

困ったように皐月は唇を舐めた。和馬はその表情をじっと見つめて、

「俺は和歌だの俳諧だのという風流なことには、あまり縁はないが、この歌くらいは知っている。藤原惟幹というのは、もちろん藤原の家系であろうが、何者かは分からない人物なんだ」

「…………」

「あるいはもっと有名な誰かが変名で作ったのかもしれないが、だからといって、歌が〝贋物〟というわけではない。藤原惟幹の歌は、これ一首だけだが、ちゃんと古今和歌集に選ばれているものだからだ」

「そうですね……」

「どうして、この歌が好きだったのです？　そして、俺に贈ったのですか」

皐月はさらに困惑したように俯いて、

「——そういう気持ちだったからです……どうも、すみません」

とだけ答えた。

「あなたの真意を、はっきりして貰いたい。そのために、伯母に会ってくれますか……私にもすでに二親はいないものでね。相談したら、会いたいそうです」

「伯母上様……」

「ええ。武蔵浅川藩は加納丹波守の正室なのです。小藩に過ぎませぬが、一応、大名ですから、皐月さんとの縁談ならばと……喜んでいるのです」

「はい。それは結構でございますが、いつ頃が宜しいでしょうか」

「そちらの都合で決めて下さい。松平出雲守様のお屋敷でもいいですし、浅川藩の屋敷で会っても構いません」

「承知致しました。すぐに手筈を整えたいと思います……嬉しい。こんな私のために、そこまで考えて下さって……何と言ってよいのやら、ほんとうに嬉しゅうございます」

皐月はまた和馬の胸の中に縋るように倒れ込むと切ない顔になり、堰《せき》を切ったように、思い切り口を吸うのであった。

五

翌々日、急なことだが、松平出雲守の下屋敷にて、和馬と同伴して、千世は皐月と会うことになった。

下屋敷は久しぶりに表門が開き、大名の正室が来るということで、数は少ないが、松平家の家臣や中間らが居並んで迎えた。千世の方も、規則どおりの供侍や中間、小者らを従えての登場であった。

門に入り、石畳から玄関に至り、そこから長い廊下を渡って、奥の座敷に通された。さすが若年寄を務めた大名だけあって、下屋敷であっても、武蔵浅川藩の上屋敷ほどの広さと風格がある。

待っていた可憐な姫君は打掛《うちかけ》姿で、当たり前だが、お忍びで料理屋に来ていた皐月とはまた別人のような美しさであった。煌《きら》びやかとしか言いようがない。さすがに、千世もあまりもの美しさに驚いて、開いた口がポカンとなったままだった。

「伯母上……ささ……」

和馬の方が気を使って、座敷の中に案内するほどであった。

上座に鎮座する皐月は、後光が射しているように華麗であった。正面に座った千世は、自分と比べられては困る――とでも言いたげな態度で、少し俯《うつむ》き加減だった。

皐月の陪席には、裃《かみしも》姿の次席家老の小山内《おさない》という武士が端座《たんざ》していた。厳格そうな顔だちで、赤鼻だが眉がキリリと太い。

中間の喜助は中庭に控えており、他の数人の家臣らしき侍と奥向き女中らが、神妙な面持ちで廊下に控えていた。

どこかで、鴬《うぐいす》がホケキョと啼《な》いた。

「お初にお目にかかります。此度《こたび》は、わざわざのご足労、誠にありがとうございました。伯母上様には、ご健勝であられるとのこと、和馬様からお聞きしております。ふつつか者ではありまするが、今後とも何卒《なにとぞ》、宜しくお願い申し上げ奉りまする」

ゆっくりと厳《おごそ》かな言葉遣いで、皐月は挨拶をした。

「こちらこそ、お目にかかれることができ、有り難き幸せに存じまする」

千世も型通りに挨拶をして、藩主の切腹なども言葉にはしなかったが、残念なことであったと哀悼の意を伝えた。

「此度は、私のふつつかな甥と婚儀を望まれているとのこと、大変、光栄に存じます。されど、あまりに身分の違いがありますれば、恐縮しているところであります」

「それでも、伯母上様も大名に嫁ぎました。たしかに私は逆になりまするが、恋心は身分を超えるものだと思います」

皐月はここぞとばかりに、自分の思いを伝えた。それでも、千世はこの婚儀には何か裏があると思っているので、なんとか破談に持ち込みたいと考えていた。

「実は……和馬には許嫁がおります」

思い切って言った千世に、和馬は思わず、「違う、違う」と言った。が、千世は自分勝手に話を続けた。

「一橋家の姫様であらせられる志乃様とは、御家同士も認め合っているのでございます。そのことを、この馬鹿者……失礼しました、軽率な甥は、皐月様を弄《もてあそ》んだ由《よし》、大変、申し訳なく思っております。加納丹波守は、当家の主君とも浅からぬ関わりがありました。どうか、それに免じて、お許しを賜りたいと思い、馳せ参じた次第でございます」

滔々《とうとう》と語る千世を、皐月は驚愕した目になって見ていた。傍《かたわ》らにいる次席家老や廊下にいる家臣たちは、感情を殺しているのか、何も反応しなかったが、じっと聞き入っているようだった。

「ちょ、ちょっと待ってくれよ」

思わず和馬は身を乗り出して、千世に擦り寄った。

「こんなことを言わせるために、連れてきたのではないですよ、伯母上」

「いいえ。この際、はっきりさせていただいた方が宜しいかと思いますよ。ですわよねえ、皐月様。もしかしたら、和馬は思わせぶりなことを言ったのかもしれませんが、どうぞご勘弁下さいましな」

ここまで茶々を入れられると、和馬の方も黙っているわけにはいかぬ。サッと立ち上がると、覚悟を決めたのか、

「俺は、この人と、皐月様と夫婦になる。前世から誓っていたことだ」

と朗々と言った。

その態度がよほど子供じみていたのか、次席家老が思わずプッと笑うと、家臣たちや中間もなぜか噴き出した。だが、すぐに真顔に戻って、笑いを嚙み殺すように俯いていた。

「何が可笑《おか》しいのだ」

じっと皐月を見つめて、

「俺はこの人と添い遂げると、一目会った時から心に決めている。誰にも邪魔はさせない。皐月様。今すぐにでも、私の所に飛び込んで来て下され。さすれば、生涯、あなたを守り通します」

　と決然と言ってのけた。

　その顔を、千世も見上げていたが、心配そうに声をかけた。

「――大丈夫ですか」

「何がです」

「恋は盲目とはよく言ったものです。では、和馬のために、ひとつお尋ねします」

　千世もまた決然となった表情を、皐月に向けて、

「当家の皐月様には、これまで私は会ったことがございませぬが、国元に帰っていると聞きました。少し色々な病があるとかで」

　と訊いた。すぐに皐月が答えた。

「はい。長らく江戸を離れておりました。田舎暮らしが性に合ったのか、ご覧のように回復しました。辛い目に遭ったからこそ、和馬様のように、人のために尽くしている方の姿が眩《まぶ》しく感じたのです」

「和馬のように……」

「そうです。私は我が儘で、ここにいる家臣たちにも辛く当たってきました。籠の鳥のように大事に育てられたから、人の心というものがあまり分からなかったのです」

「………」

「でも、自分を犠牲にして、世のため人のために働いている和馬様を目《ま》の当たりにして、私もそうありたいと願いました」

「まこと、ですか」

「嘘を言って何になりましょう。ですから、家老の稲葉たちの目を盗んで、そこな次席家老の小山内や中間の喜助たちの力を借りて、なんとか和馬様のお役に立ちたいと思いました」

「それが、何故、妻になることなのです」

　執拗に聞き返す千世に、皐月も意地を張ったように言った。

「和馬様に心の底から、惚れたからです。繰り返しますが、他には考えられません。そして、和馬様と一緒に、暮らしに困っている人たちのために、力添えをしたいのです」

「力添え……それが、この御家の私財を使うということですか」

「はい。蔵に行ってみて下されば分かります。先祖代々、貯めてきた書画骨董の類が山ほどあります。これを処分して如何ほどになるかは、私には分かりません。ですが、これを嫁入り道具として、和馬様のもとに嫁ぐことができれば、僅かながらでもお役に立つのではないか。そう思ったのです」

淑《しと》やかで憂いを帯びていながらも、自分の意志は強く伝えた皐月を、千世は圧倒されて見ていた。

その様子を中庭から覗っていた喜助は、溢れ出てきた涙を袖で拭いながら、

「――皐月様……よくぞ、おっしゃいました……あっしは、お側《そば》に仕えていて、あなた様の苦しみを目の当たりにしてきました。胸を掻き毟《むし》られるような……和馬様への思いを……ああ、あっしもなんとか……」

嗚咽《おえつ》しながら、皐月の気持ちを代弁した。その切ない声を聞いたのか、他の家臣たちもまるで主君が亡くなったときのように、しくしくと泣いているのだ。

次席家老の小山内が、突然、千世に向かって平伏した。

「私からも何卒、宜しくお願い致します。皐月様と和馬殿の思いを、どうか叶えて上げてはくれませぬか、伯母上様」

「――あなたに伯母上と言われる筋合いはないですが……ふう……どうしたものか」

肩を落として悩んでいる千世に、やはり中庭の方から声がかかった。

「ここは一度、引かれたら如何ですかな」

声の主は、吉右衛門だった。加納家の供の者たちに混ざって、ついて来ていたのだ。心配そうな目を向けて、

「正直であることは、人間にとって一番大切なことです。皐月様は正直に話され、和馬様も正直に気持ちを伝え、家臣の方々も正直に心から泣いてます。そして、千世様も自分の考えや気持ちを、正直に……心から正直に、本当に正直に話された」

「何度も正直、正直と煩《わずら》わしいぞ」

和馬は思わず声を挟んだが、吉右衛門は皐月を見上げて、

「美しい姫君でございます。えええ、心も美しいに違いありませぬ。その正直で美しい心に、この年寄りも感銘しました」

と、しみじみと言ってから、

「皐月様の心尽くしを、いただきますとしましょう。世の中の困っている人たちのために」

そう念を押した吉右衛門の目がキラリと輝いた。見つめていた皐月は小さく頷いたものの、なぜか目を伏せた。

六

その日を境に、縁談話はトントンと進んだ。

あくまでも反対の千世だったが、吉右衛門に説得されたのか、高山家のことだからと、口出しするのをやめた。

いつ御家断絶になって、松平出雲守の私財が没収されるか分からないので、下屋敷にある皐月が父親から引き継いだ分だけでも、先に高山家に移すことになった。

結納《ゆいのう》は交わしていないが、輿入《こしい》れする想定で、蔵の中に山積みになっていた書画骨董をすべて運び出した。これには、いつも高山家の世話になっている人たちが、大勢して協力してくれた。仰々《ぎょうぎょう》しい露払いまでをつけての行列だった。あまりにも堂々と移動しているので、近在の者たちは何か有り難いことかと思って拝むほどであった。

すべてを搬出した夜――。

松平出雲守の下屋敷には、皐月と喜助だけが残っていた。

「余りにも上手《うま》く事が運びすぎて、怖いくらいだな」

胡座《あぐら》を搔いている喜助は、煙管《きせる》を深く吹いてから、立ち上がった。

「さてと……残りの仕事をさっさと仕上げるとするか」

蔵の方に行きかけて、皐月を振り返り、

「どうした。浮かぬ顔だな」

「別に……ちょいと疲れただけですよ。あまりにも大がかりだったものだからね」

「そうだな。だが、今度ばかりは、一生に一度、巡り会えるかどうかの代物《しろもの》だ。頑張った甲斐があったじゃねえか。だが、油断禁物。勝って兜《かぶと》の緒《お》を締めよってな」

「本当に大丈夫かな……」

「後は最後の仕上げだ。重吉《じゅうきち》と佐太郎《さたろう》のことだ。そろそろ、上手い具合に掘り出しているだろうぜ」

軽快な足取りで蔵の方へ向かった。

がらんどうとなった蔵の中は、ほとんどの床板が外されていた。

蠟燭《ろうそく》灯りだけを頼りに、鍬《くわ》などを使って、ふたりの男がせっせと床下の地中に穴を掘っている。

このような作業には慣れているのか、音も立てずに手際よくやっていた。

このふたり――実は蕎麦屋の主人と料理屋『三島』の主人である。いまひとり、奥女中に扮していた蕎麦屋の女房もいた。どうやら、喜助の手下のようで、忠実に働いている。

やがて、カチッと石のようなものに当たる音がした。

「兄貴。ありやしたぜ」

重吉が振り向いた。同時に、佐太郎もニンマリと笑って、丁寧に指で土を払いながら、ようやく土の中から掘り出したのは、両掌に収まるほどの小さな鉄箱だった。固まっている泥を払い取ると、喜助に差し出した。

「おう……」

緊張した様子で受け取った喜助は、しゃがみ込んで、大切そうに膝の上で開けようとした。少し軋《きし》んだが、蓋は意外にも容易に取ることができた。

「すげえ……こりゃ、すげえや……」

大声を上げそうになるのを我慢して、手にしたのは金の仏像だった。それに重吉が蠟燭を掲げると、小さな仏像はさらにキラキラと眩しいくらいに光った。

「これだけでも、かなりの値打ちものみたいだな」

喜助が言うと、他のふたりは涎《よだれ》を拭うような仕草で頷いた。さらに、喜助は仏像の下に敷いていた、小さな経本みたいなものをそっと開いた。乱暴に扱うと破れそうなほど、傷《いた》んでいる。

そこには、豆粒みたいな文字が並んでいたが、凝視していた喜助は、ぶつぶつと口の中で何やら読んでいた。

「よしよし……後で、ゆっくり読み解いてやるから、楽しみにしとけ」

満面の笑みで喜助が、重吉と佐太郎に言ったとき、背後に人の気配がした。

「なんでえ……おまえか」

振り返ると、蔵の入り口に、皐月が立っていた。

「本当に、あったんだね、ここに……」

「ああ。これで、俺たちは大金持ちだ。一生、贅沢《ぜいたく》して暮らせる。もう、これまでのように、せこい騙《かた》りなんぞしなくてすむ……苦労かけたおまえにも、好きなだけ楽をさせてやれるってもんだ」

嬉しそうに喜助は言って、仏像を経本の上に戻しながら、

「これさえ手に入れば、もうこの屋敷には用はねえ。さっさとずらかろうぜ」

と言って立ち上がった。

そのとき、ガタッと庭の方で物音がした。

「⁉——誰かいる」

重吉と佐太郎が思わず駆け出すと、中庭の片隅に人影があり、表門の方に逃げてい

くのが見えた。

月影にぼんやりと浮かんだ姿は、大工の角蔵のようだったが、ふたりにはハッキリと分からなかった。もとより、角蔵のことなど三人は知らないはずだ。

「とにかく、ここにいてはまずい」

喜助が仏像の入った鉄箱を抱え込んで、すぐさま逃げ出すと、ふたりも後を追った。

だが、皐月はその場から動かなかった。

「なにしてんだ、急げッ」

声を殺して喜助が命じたが、皐月は首を左右に振って、

「もういいよ……私は行かない」

「何を言ってるんだ。さあ」

喜助は手を差し伸べたが、皐月は追っ払うような仕草をして言った。

「いいから、早く逃げて。ここは元に戻しておくよ」

「バカか。そんなことしなくていい」

「だって、これじゃ盗っ人が入ったとバレるじゃないの」

「その前に逃げるんだ。なにをグズグズしてやがる」

「いいから、行って」

意地を張ったように、皐月は動かなかった。

「てめえッ……裏切る気じゃあるめえな。あのうすのろの旗本に、まさか本気で惚れたなんて言い出すんじゃねえだろうな」

喜助が責め立てるように言うと、小馬鹿にしたように、

「まさか……一生分、稼いだんだから、もう私だって用無しでしょ。好きにさせて」

「どうするんだ」

「これまでの蓄えで、しばらく暮らせる。ふん……そのうち、いい人を見つけて、たらしこんで、玉の輿《こし》に乗るわ。だって、この美貌だもの、いちころよ」

笑顔すら浮かべている皐月に、喜助は舌打ちして、

「勝手にしろ。だが、裏切りは御法度《ごはっと》だぜ。それが、親方にたっぷり世話になった俺たちの不文律だ。分かってるな、お葉《よう》」

と念を押した。

お葉と呼ばれた皐月は、さっさと行きなとばかりに手を振った。

すでに屋敷の外に出ている重吉と佐太郎が吹いた口笛の音が聞こえた。喜助はいま一度、皐月を振り返ったが、背中を向けて風のように立ち去った。後には砂塵も残っていなかった。

霞み雲にかかる月をぼんやりと見上げて、皐月は「ふん」と自嘲した。それから、急いで床板を嵌《は》めて元に戻し始めた。

その夜のうちに——。

和馬の屋敷に駆け込んだ角蔵は、かなり急いで走ってきたのであろう、息が上がって何を言っているのか分からなかった。

「どうした、落ち着け」

水桶から柄杓《ひしゃく》で掬《すく》った水を飲ませると、角蔵はようやく脈拍も整って、松平出雲守の下屋敷であったことをすべて話した。

「あいつらは、盗っ人だったたんです」

「なに。どういうことだ」

「若旦那はハメられたんですよ、あいつらに」

「誰だ、あいつらとは」

「ですから、皐月と喜助……他にも三人いやしたがね。松平家の姫様とか中間ってのは大嘘で、あいつらはグルで、大芝居をしたんですよ。皐月ってのも偽名で、喜助には〝お葉〟とか呼ばれてやした」

「一体、何があったのだ……」

まだ頭の中で整理ができない和馬に、角蔵はしっかりして下さいと頷いて、

「大丈夫です。奴らを追いかけるように、番屋には届けておりやすから」

と言ってから、初めから順繰りに話した。

「とにかく、屋敷を使った様子は全くないでやすよ。ご隠居に頼まれて、あの次席家老の小山内とやらが立ち会いのもとで、皐月との婚儀について話しているとき、邸内を色々と見て廻っていたんです」

「なぜ、そんなことを……」

「外から見たら、どう見ても傷んだ所が多かったもんで、その話をしたら、ご隠居が調べてみてくれって」

「うむ……」

「そしたら、綺麗にしているのは、玄関と廊下、面談に使ったあの奥の部屋、そして庭の一部だけで、後は蜘蛛《くも》の巣だらけでさ」

「どういうことだ」

「本当に酷い状態ですぜ。ありゃ屋敷として使ってないのは一年や二年じゃありやせんぜ。つまりは空家《あきや》同然だったわけです」

他の部屋は襖や障子が破けている所もあるし、畳は湿っていて黴《かび》が生えていたり、棚や板戸は傾いたまま、とにかく人が住んでいる様子は欠片《かけら》もなかったという。

「何のために、俺を騙したのだ」

「そこですよ……あっしも不思議に思って、屋敷内をあちこち調べてたんですがね。そしたら、皐月と喜助が居残って、何やら話しているので、覗いていたら、様子が変で……」

ふたりは松平家の姫でもなんでもなく、大芝居を仕組んでいたことが分かったというのだ。角蔵が興奮気味に話すのを、和馬は意外と冷静に聞いていたが、今更ながら妙な胸騒ぎがしてきた。

「すべては嘘だった……ということか」

「てことです。あの恋文めいた文箱から、ぜんぶ、大嘘ってことです」

「しかし、何のためにだ……」

「蔵の中のガラクタをぜんぶ、どかせるためですよ」

「なに……だから、それは何のためにだ」

和馬が迫るように訊くと、角蔵は見たままのことを伝えて、

「下屋敷の蔵の床下にあるお宝を奪い取るためです」

「床下のお宝……」

「へえ。何もなくなった蔵の中で、床板をぜんぶ引っ剝《ぱ》がして、その下の土を手当たり次第、掘っていたようなんです」

角蔵は掘る仕草を真似て続けた。

「あれだけの山のような書画骨董ですからねえ、仲間内だけで運び出すのは無理で、その上で掘り出すなんてことは難しかったんでしょうがねえ。長々、時をかけてると、幾ら使ってない屋敷でも、見廻りは来るだろうし、近所に変に思われる」

「…………」

「そして、とうとう金の仏像を見つけた。これくらいの小さなものです」

「お宝とは、それなのか」

「いえ。これは、あっしの見立てに過ぎやせんがね、狙いは小さな金の仏像が入っていた中の、経本にあると思います」

「経本……」

「そこにこそ、本当のお宝の場所が記されているのではないかって……喜助の様子を見ていて、あっしは勘づきやした」

そこまで言って一息ついた角蔵に、首を傾げながら聞いていた和馬は、

「――さすがは元こそ泥だな。そういう輩の考えや気持ちまで分かるのか」

「だから、それは言いっこなしです……でも、真面目な話、若旦那は担《かつ》がれたんですよ。このままで、いいんですかねえ」

そこまで言われても、和馬にはまだ信じ切れなかった。

「まさか。あの皐月が……嘘をついていたとは……思えぬがな……ああ、何かの間違いではないのかな……」

「若旦那……いい加減、目を覚まして下さいやし」

「あ、ああ……」

ふと思いたったように和馬は立ち上がると、急いで神田佐久間町の下屋敷まで急いだ。町木戸は当然、閉まっているが、盗賊だとしたら捕らえねばなるまい。

幾つかの木戸番を叩き起こし、旗本の特権で下屋敷まで来ると、長屋門の潜り戸だけが風にパタパタとは揺れている。

考えるよりも先に邸内に入って蔵まで来て、扉を引き開けると、床板は綺麗に張り戻されており、何事もなかったかのような暗い空間があるだけだった。

「――皐月……」

和馬は切なげな声で、ぽつりと呟いた。

七

翌日、松平出雲守家の江戸家老・稲葉が、高山家を訪ねてきた。物々しい雰囲気の家臣たちを十数人、従えている。

用件は、昨夜、搬出した松平家下屋敷の書画骨董についてのことだった。

皐月や喜助から聞いていた稲葉の印象は、かなりの悪辣《あくらつ》な家老とのことだったが、見た目は穏やかで、武士にしては撫で肩の小柄な男であった。年の頃は、隠居間近という感じで、物言いも大人しかった。

「北町奉行の遠山左衛門尉景元様より、お知らせがあって馳せ参じました」

おそらく同心の古味が伝えたのであろう。稲葉は恐縮したような態度で、

「此度は、厄介なことに巻き込まれたそうで、却《かえ》って申し訳なく思うております る」

と軽く頭を下げた。

「稲葉様……でございますか。いや、聞くと見るとでは大違いでございます。あ、無礼なことを申しました」

和馬がすぐに謝ると、稲葉は「こちらこそ」と言って、粗方《あらかた》、知らされていること

を話した。皐月という姫君は実在するが、国元にいるというのは、千世が言っていたとおりであった。喜助という中間はいないとのことで、一体、何が目的かは分からないと、稲葉は不思議がった。

「蔵の中を身共《みども》も検《あらた》めてみましたが、蛻《もぬけ》の殻《から》……皐月姫を騙って、あなたの嫁になりたいという意図が、とんと分かりませぬ」

「床下のことは……」

「――床下……何のことであろうか」

稲葉は知らないことのようだった。和馬はそこに、金の仏像があって、それを奪うために仕組んだことであろうことを伝えたが、稲葉には全く心当たりはなかった。

「それはともかく……せっかく、ここまで我が家の書画骨董を運んだのですから、どうぞ好きに使って下され」

「えっ……ええ？」

和馬は喉に餅が詰まったように驚いた。

「いいえ。また元どおりに致しますよ」

「こんなことを言ってはなんですが、書画骨董といっても、おそらく二束三文……とまでは言いませんが、たいした値打ちはありませぬ。遠山様に聞けば、高山様は小普請方として比類なき働きをしており、特に本所深川一帯の貧しい人々や病める人々に対する慈愛に富んだ行いには、身共も感服致しました」

「そんな大袈裟な……」

「御家断絶にならぬよう、身共も家老として懸命に公儀に訴えておりましたが、一度、失った信用を取り戻すのは、なかなか難しいものでしてな……ですが、ようやく改易だけは免れました」

真摯《しんし》な態度で話す稲葉を見ていると、私腹を肥やしていた悪党には、まったく思えなかった。おそらく、それも皐月や喜助らが作り上げた、騙すための幻想かもしれぬ。

「では、国元の隠し銀山の話も、もしかして嘘でしょうか……」

「恥ずかしながら事実です。もっとも、公儀に隠し立てするつもりはなく、報告する機会と大目付の隠密が報せたことのズレによる誤解があったようです」

「では、稲葉様が着服していたというようなことも、作り話でしたか」

「さようなことを……いやはや、参りましたな……」

困惑した稲葉だが、藩主が自刃《じじん》に及んだのは、銀山のことは関係がないとはいえないが、元々、何事にも自分を追い詰める気質があり、何度も縁談が潰れる姫君のことや、嫡子がいないこと、自分の病のことで発作的に自刃したとのことだった。

稲葉は側にいて支えていたつもりだが、最悪の事態になったので、せめて御家を守る自分の使命だけは務めようとしたと話した。

「それゆえ、ここに運んだ書画骨董は公儀に没収されることはありませぬから、ご自由にお使い下さい。没収される前に、四百五十余点ある目録も作っておりましたので、必要があれば、どうぞ」

差し出した封印された目録を、和馬は謹《つつし》んで受け取った。

望外の出来事に、喜んでよいのかどうか不思議な気分だった。ただ顚末《てんまつ》がどうであれ、皐月が……いや、名も知らぬ美しい娘が持ち込んできた話は、現実となった。

嘘から出たまこと――かもしれぬ。

和馬は〝絶世の美女〟の顔や姿、何より抱きしめたときの肌の匂いや唇の香りを、いまだに忘れられないでいた。まさに、幻の天女への思いで、胸がキリキリと痛んでいた。

江戸川の渡し船が、対岸から来ている。

船着場には、葦簀《よしず》張りのような待ち合わせの茶店があって、船歌を朗々と吟じている船頭の姿を遠目に眺めている女がいた。

皐月——こと、お葉である。

手っ甲脚絆の旅姿で、杖も持っている。菅笠を少し上げて、遙か遠くの筑波《つくば》や下総の山の峰々を仰いだ。振り返ると、江戸の町の向こうに高い山が壁のようにあって、まだ冠雪の残る富士山が大きく見える。

短い溜息をついて、茶を啜った。そのとき、ふいに声をかけられた。

「——皐月様」

えっと振り返ると、袖無し羽織に野袴《のばかま》姿の吉右衛門が立っていた。その姿を見るなり、皐月は思わず立ち上がり、逃げ出そうとしたが足が動かなかった。

「大丈夫ですかな……随分と探しましたよ。といっても、おおよその見当はつきましたけれどね。ええ、喜助たち他の仲間は、東海道の方に行きましたからね。袂《たもと》を分かったのでしょう。良かった、良かった」

「…………」

「本当の名は違うようですが、皐月様と呼ばせていただきますよ……あの後、若旦那……私の主人の和馬様は、あなたを探し続けておりました。けれど、幻を見たと思って、今は少し落ち着いております」

吉右衛門の言葉に、皐月は申し訳なさそうに俯いた。

「下屋敷の前の蕎麦屋、あなたと会った神田川沿いにある小料理屋……そこにも和馬様は出向いてみましたが、いずれも店は元々、畳んでいたそうですな。あれもお仲間だったのですねえ」

「…………」

「いえ、責め立てに来たのではありません。お恐れながらと出る所に……と言うつもりもありません。有り難いことに、松平家の家老の稲葉様から、書画骨董はすべていただくことができました」

「えっ……」

不思議そうな顔になるのに、吉右衛門は顚末を説明した。

「あなたは、とても良いことをして下さいました。本当に良かった」

何と答えてよいか分からず、皐月は戸惑っていたが、蚊《か》の鳴くような声で、「すみませんでした」と謝った。

「私は……とんでもないことをしました……和馬様を騙すのを考えたのは、私ではなく、喜助です……これは本当の名です」

「ほう、そうでしたか。騙りを生業《なりわい》にしていたそうですな」

「それは、まあ色々……」

「言いたくないことは話さなくて良いですが、本当のあなたがどのような娘さんか、和馬様に教えてあげたくてね。余計なことかもしれませんが、年寄りのお節介で」

吉右衛門がニコリと微笑みかけると、皐月は床机《しょうぎ》に座って、茶で喉《のど》を潤した。

「――私は、ご覧のような顔だちです……父親が誰かは分かりませんが異国人で、母親は長崎の丸山《まるやま》芸者でした」

「そうでしたか……」

「色々と苛《いじ》めにあったけれど、幼い頃、母を亡くして後、拾ってくれたのが、行商を束ねていた親方でした。諸国を遍歴してましたが、商人というより、紛《まが》い物を売りつける騙り商売みたいなことをしている人でした」

皐月は遙か遠くの青空を見上げて、切々と話した。

「育ての親同然ですから、親方には感謝しかありません。ですが……親方が病で死んでからは、喜助が親方代わりになって、あれこれ仕切ってました」

「そんな風な大物には、見えませんでしたけどねえ……」

「ええ。初めは二十数人いた仲間も、ひとり減り、ふたり減り……最後は、私を含めて五人です……ですから、〝大芝居〟を打つこともできず、下屋敷にいた者たちのほとんどは、日銭稼ぎの者を雇ったんです。もちろん、深い事情は知らせずに」

「そこまでして、あの屋敷の蔵の床下から探し出したのは、よほどの値打ちものだったのでしょうなあ……」

「あ、はい……」

一瞬、言い淀んだが、皐月は吉右衛門の人の良さそうな瞳につい口元が緩んだ。

「親方が、ある古刹の僧侶から騙し取った金の仏像です……もっとも、肝心なのはそれと一緒にある御経を書いた本で、そこには一万両以上の値打ちのある、秀吉《ひでよし》の隠し財宝の在処《ありか》が記されているのです」

「ほう。それはまた眉唾《まゆつば》めいてますが……」

「本当のことだと思います。親方は、丁度、あの蔵のあった辺りの、銀杏《いちょう》の木の下に埋めておいたのです」

「木の下に……」

「ところが、銀杏の木は伐採され、蔵が建てられ、山のような物で埋め尽くされてしまった。喜助はその宝の地図ともいえる経本を掘り出すために、あの大芝居を……」

皐月は自分を嘲笑《あざわら》いながら言った。

「仲間が沢山《たくさん》いれば、一晩で片付けられたことだと思いますけどね……もう、これでおしまいです……許されるなら、私もまっとうな道を探します。だって……」

「だって……？」

「ご隠居様、あのとき、私を見て、何度も『正直に、正直に』という言葉を繰り返してた……和馬様に接していて、世の中に、こんな人たちがいるんだと思った……」

「こんな人たち……？」

「素直に人を信じる人たち、です……人を騙したり、騙されたりして生きてきた私とは、違う世の人のように感じました」

しみじみと言ってから、「ごめんなさい。本当にごめんなさい」と付け足した。

「だったら、江戸に戻って、和馬様と一緒に善行をしてみたら如何《いかが》ですかな。人助けです。人のために働いてみることです。救いを求める人を待たせず、すぐにでも手を差し伸べるのが、和馬様なのですから」

吉右衛門に言われて、皐月はほんの少し考えるような仕草をしたが、

「――まだ、無理だと思います」

と答えた。

「私は咎人《とがにん》です。本当なら、今、ここで捕らえられても文句の言えない女です……もし見逃して下さるのでしたら、すべて心を入れ替えて、もう一度、和馬様に会いとう存じます……本当に、そうなることを願ってます」

「さようですか……ならば、それまでお待ちするよう、伝えておきましょう」

「……………」

「生まれ変わって下さい……二度と悪い気は起こさずに……何処まで行っても、自分の影だけはついてきますからね」

微笑む吉右衛門に、皐月も応じたとき、渡し船が着岸し、客が降りてきた。入れ替わりに、皐月たちが乗り込み、渡っていくことになっている。

「あ、そうだ……和馬様から預かったわけではありませぬが、このような歌を、自分でしたためておいででした」

一枚の書き付けを手渡した。それには、

――筑波嶺《ね》の峰より落つる男女川《みなのがわ》　恋ぞつもりて淵《ふち》となりぬる
と書かれてあった。

「百人一首にある陽成院《ようぜいいん》の歌ですがね……言わずもがなですが、あなたへの思いが積もり積もって、深い淵になってしまっているのですねえ……向こうに筑波山も見える。どうか、お達者で……」

吉右衛門が別れを告げると、皐月は深々と頭を下げて渡し船に乗り込んだ。

俄《にわか》に強い風が吹いてきた。漕ぎ出した船はまるで荒海に出るように揺れていた。それでも、船頭は朗々と歌っている。

遙か遠い筑波や下総の山々も霞《かす》んできた。やがて、小雨が降り始め、見送る吉右衛門の目から、渡し船は見えなくなった。小雨はさらに強くなり、涙雨のように降り続いた。

雨に打たれながら、吉右衛門はいつまでも見送っていた。

第四話　善人の罪

一

両替商『十神屋《とかみや》』の女主人・お邦《くに》は、本所深川辺りでは有名な〝守銭奴《しゆせんど》〟である。ケチの上に、強欲ときているから始末に負えない。その上、人を悪し様《あざま》に批判し、言いがかりをつけ、少しでも楯突《たてつ》こうものなら、

「あっ。今、私の着物に泥をぶっかけたわね。この着物は十両を下らない正絹《しようけん》の上物《じようもの》なんだ。弁償して貰いましょう」

と逆に脅してくる。

関わると厄介《やつかい》だから、あまり人が近づかない。金貸しが本業だから、返済の日に間に合わなければ、その後はどんどん利子を膨らませ、奉公先だろうが実家だろうが、

知り合いや親戚を巻き込んでの大騒動になる。つまりは、町の嫌われ者だった。

しかし、なぜか吉右衛門とだけは馬が合うのか、愛嬌のある笑顔で接していた。いつも地味な色合いの着物だったが、お邦はまだ四十を過ぎたばかりだ。女盛りは終わったかもしれないが、吉右衛門にとっては娘ほどの年だから、お互い心を許しあっているのかもしれなかった。

月もないある夜のこと――。

提灯《ちょうちん》だけを頼りに、お邦は大横川に架かる橋を渡ってきた。いつも、大助《だいすけ》と小吉《こきち》という用心棒を連れている。両替商という仕事なので逆恨《さかうら》みをされやすく、危ない目にもよく遭っていたからだ。

その前に、路地から現れた覆面の浪人が、無言で立ちはだかった。

「誰だい……金を貸して欲しけりゃ、店に来なさいな」

お邦は屋号の書いてある提灯を掲げた。その光が浪人の顔を浮かび上がらせたが、目しか見えない。

「おまえは、『十神屋』のお邦に間違いはないな」

「ふん。人に呼び捨てにされる覚えはないね」

「命をいただく」

「なんだって……」

「金の亡者には、それに相応《ふさわ》しい地獄に行って貰う。その方が世の中のためになろうというものだ」

「なんだい、なんだい。金が返せなくなって、その腹いせかい。近頃は、踏み倒す武家が増えて、こっちが大迷惑だよ。借りるときだけ、へえこらしやがって、返す段になりゃ居直りやがる。こちとら、刀が怖くて商売なんざできないんだよ」

負けじとお邦が声を荒げると、覆面の浪人は素早く抜刀し、一歩踏み出した。提灯にギラリと刀身が光ったとたん、お邦の用心棒たちも道中脇差を抜き払って、相手を追っ払おうとした。

だが、覆面の侍の腕は中途半端ではなかった。喧嘩慣れしている大助と小吉に同時に、一瞬にして下から上に向かって、逆袈裟《ぎゃくげさ》斬りを浴びせたのである。

「うわっ――」

短い悲鳴を洩らしただけで、大助と小吉は橋の袂《たもと》から川に仰向《あおむ》けに落ちた。虚しく水の音が鳴った。

目の前の惨劇に、お邦は声にならず、金縛りにあったように動けなかった。

「まだ強気なことを言えるかな」

覆面の浪人が切っ先を喉元《のどもと》に向けると、お邦は提灯を投げつけて、橋を駆け戻ろうとした。その背中を、バッサリと斬られたお邦もまた、暗い川に落ちて、そのまま沈んでいくのだった。

三人の亡骸《なきがら》が見つかったのは、翌朝のことだった。豆腐売りが見かけたのだが、川に落ちたせいで、血は流されていた。

すぐさま報せを受けた古味覚三郎と熊公が駆けつけ、三体とも引き上げて筵《むしろ》に寝かせたが、バッサリと斬られた割りには、意外と綺麗な仏だった。

軽く合掌《がっしょう》して検分を始めた古味は、遺体が受けている刀傷が、それぞれ一太刀であることから、かなりの手練《てだ》れだと踏んだ。

「相手が町人とはいえ、ひとりならともかく、三人をそれぞれ一撃で仕留めるとは……並々ならぬ腕前のようだな」

「あっ。この女は、『十神屋』のお邦じゃねえか。ほら、ごうつくで有名な」

「なに。あの因業《いんごう》金貸しの……」

水の中にいたため、見世物小屋のお化けのように髪が乱れているので分からなかったが、古味が十手《じって》で払うと、確かにお邦だった。この女からは古味も金を幾らか借りており、顔を合わせる度に、今日は利子が幾ら増えたなどと嫌味を告げられた。

「ろくな死に方はしねえと思ったが……仏になってしまっては、悪口も言えぬな」

「でやすねえ……」

熊公が頷いたとき、野次馬を割るようにして、本所方与力の内海弦三郎《うつみげんざぶろう》が近づいてきた。四十半ばの働き盛りで、人を睥睨《へいげい》する目つきは鋭い。定町廻り方のように朱房の十手こそ持っていないが、ここは縄張りである。最初の仕切りは、本所方が執り行うのが筋だった。

「どけどけ。俺が検分をする。深川診療所の藪坂甚内先生も連れてきた。さあ、こっちに任せて貰おう」

横柄な内海の態度に、古味はカチンときたが、相手は格上の与力である。しかも、こっちは北町奉行所、向こうは南町奉行所だ。面倒を起こして、奉行から叱られるのは御免とばかりに、古味はその場を譲った。

「譲りますがね、内海様……今月の月番は、北町なんです。ですから、私も〝江戸市中〟から、わざわざ見廻りに深川くんだりまで来てるんです。そしたら、この仏に出会った。最初に見立てたのは、俺だったことをお忘れなく」

あくまでも手柄にしておきたいという古味のせこい考えを見抜いて、内海は皮肉っ

ぽい笑みを浮かべて、

「月番月番と偉そうに言うな。それは、お白洲の受け持ちの話で、探索はどっちがやろうと関わりないのだ」

と悪態をついた。

そんな役人同士の縄張り争いなど、どうでもよい——とばかりに、駆け込んで来たのは、吉右衛門だった。辻斬りがあったと耳にして駆けつけてきたが、

「お邦さん……やはり、お邦さんが殺されたのか……」

と、まるで身内のように抱きついた。

「おいおい。高山様のところのご隠居ではないか」

内海が声をかけても、吉右衛門はただただ悲痛な顔で、お邦を抱きしめるだけだった。内海がそれを引き離すようにすると、古味と熊公も手を貸した。

「やはり、とはどういう意味だ」

険しい顔になって訊く内海に、いつも冷静な吉右衛門が狼狽《ろうばい》しながら答えた。

「もう何度も、誰かに狙われてるって話してたんだ。だから、用心棒も雇ってたんだが、まさか……本当にこんな目に遭うとは」

「詳しいことを知っているようだな。少しばかり話を聞かせて貰おうか」

半ば強引に〝鞘番所《さやばんしょ》〟に連れていこうとする内海を、藪坂先生が止めた。

「ご隠居を乱暴に扱うのは、およしなさい。罰が当たりますぞ」

「なんだと？」

「それより、検屍ですがね……たしかに逆袈裟斬りで、一刀のもとに殺している。恨みを持っているというよりは、誰かに金で雇われて、確実に仕留めた、という感じですな」

藪坂の説明に、内海は素直に納得し、

「ならば、この技を使う手練れを探せば、目星がつくってわけだな」

「だと思いますが……恨みを抱いている者、お邦と揉め事があった者らを先に探し出した方が、下手人《げしゅにん》に行き着くかもしれません」

「医者のあんたが、そこまで言う必要はない。後は、こっちで調べる。その前に、吉右衛門さん。ちょいと、付き合って貰うぜ」

どうしても内海は、まずは吉右衛門から話を聞きたいようだ。別に吉右衛門も嫌がってはいない。素直に従うつもりだが、娘のように可愛がっていたお邦が死んだことに、衝撃を受けて、立ち上がるのもやっとだった。

歩き出そうとしたら、つんのめって前のめりに倒れた。その弾みで、吉右衛門は肩や腰を打ち、自分では動けぬほど痛めたようだった。打ち所が悪かったのか、体が真っ直ぐに伸ばせない。

「だったら、うちの診療所で話を聞いたらどうです、内海様……おい、熊公。仏の方は誰かに任せて、ご隠居を背負って、診療所まで運んでくれ」

藪坂が命じると、仕方がないという顔で、熊公は言われるままにした。藪坂に逆らうと、ろくな目に遭ったことがないからだ。

深川診療所として使っている寺の一室で、吉右衛門は寝かせられた。その手当てをするのは、千晶だった。

「ご隠居さん、無理をなさったんじゃないでしょうね」

体を触り始めた千晶に、吉右衛門は少し不安そうな顔になって、

「おまえさんが、やるのかい……」

「丁度良かった。客寄せのサクラになって貰えるかも」

「な、何を言う……」

「私、骨接《ほねつ》ぎを始めたんです。もちろん、ちゃんと、あの有名な整骨の沢庵《たくあん》先生に学んだから、大丈夫よ」

「産婆じゃなかったのか。私は、赤ん坊なんぞ産みませぬぞ」

「何でもやらないと、今の世の中、ちゃんとした医者になれないからね。藪坂先生からもお墨付きを貰ってるから、安心して」

千晶は寝転がっている吉右衛門の前に座り直すと、境内に集まっている患者やその付き添い人らに向かって、

「さあさあ、皆様、ご覧あれ。この度、この私めが、町中の皆様の御支援にお応えするために、〝整骨堂〟を開きました。そこで、本日は骨接ぎ並びに整体について、分かり易く伝授したいと思います」

と、まるで啖呵売《たんかばい》でもしてるかのような名調子で喋り始めた。

「骨接ぎは知ってるけど、整体ってなんだ」

見物していた誰かが声をかけてきた。

「簡単に言えば、骨接ぎは整骨医という医者だけど、整体は施術者に資格はない。骨接ぎは、みなさんが骨折や脱臼《だっきゅう》、打撲《だぼく》や捻挫《ねんざ》などの怪我をしたときとか、挫傷《ざしょう》という突然の痛みを緩和します。でもって、整体は、経絡《けいらく》の繋がりを良くして、気や血の流れを良くして体全体を整えたり、肌艶《はだつや》を綺麗にしたりします」

経絡とは、東洋医学でいう循環や反応経路のことだ。特定の内臓と機能的に連動しているいくつかの連絡路が体内にあり、全身に網羅している。経絡には、経穴《つぼ》があり、

ここを通して、体の不調が伝えられる。ゆえに、経穴に刺激をして病を抑えることもできる。

「腰や肩こりはもちろん、整骨同様に治しますよ。おまけに、骨接ぎの方は、公儀から補助が出ますから、お金がなくても大丈夫」

明るく振る舞う千晶は、本当に苦しんでいる吉右衛門の体に手をかけて、何か呪文でもかけるように、

「ちょっと痛いですよ。はあい、でも、痛いって生きてる証拠。いいですかあ、ご隠居さん、こっちも伸ばしますよ」

などと手足をギュウッと伸ばしたり、ねじり上げたりした。

「うひゃ……やめてくれ……うぎゃあ」

情けない声を上げ続けるご隠居を、患者たちと一緒に、内海も痛々しい目で見ていた。

しばらく施術をして、

「はい。如何《いかが》でしょう」

と千晶が吉右衛門の体を起こすと、

「あれ？　痛くない……曲がってもない……あらら、不思議なことじゃ」

嘘のように晴れやかな顔になった。

「内海様、これで、じっくり話をお聞きになれるのではありませんか？」

二

診療所の一室を借りて、内海は先刻の事件について、吉右衛門に改めて尋問した。

「お邦という女は、人を人とも思わぬほどの傲慢《ごうまん》な奴で、借金を取り立てるためなら、どんな手段でも取っている。殺されて喜ぶ人も多いと聞いてるがな」

「内海様……それは、あまりな言い方でございます」

「事実、返せなくて思い詰めて死んだ者もいるのだぞ」

「庇うわけではありませぬが、金を借りた方にも落ち度がないわけではありません」

吉右衛門が不快を隠しきれない顔つきになると、内海は冷静な態度ではあるが、お邦を金の亡者だと悪し様《あざま》に罵《ののし》って、

「ご隠居は、そんな奴がこの世にのさばってよいと考えてるのか」

と詰め寄った。

「殺されていい人間なんぞ、おりません」

「人殺しでもか」

「御定法でお裁きになるのと、人が恨みで殺すのとは訳が違います。私は、如何《いか》なる過ちを犯した人でも、死罪はどうかと思いますがね、ましてや辻斬り同然に殺されて良いはずがありません」

「おまえの身内の者が、お邦に追い詰められて死んだとしても、そう思うかい」

「そうならない世の中を作るべきだと思いますよ。誰も金に困らない世の中です。貧しい者は、食う物がなければ物乞いをするか盗っ人をするしかない。それを止めるのは、世の中……就中《なかんずく》、お役人の務めだと思います。だからこそ、和馬様も人助けを続けているのです」

いつもとは違って興奮気味に話す吉右衛門を、忌々《いまいま》しげに見やった内海は、

「黙れ、爺《じじ》イ……俺の息子は、あの手の金貸しに殺されたんだ」

「殺された……まことですか」

「金を返せと迫られて、死に追いやられたんだよ」

「――さいでしたか……それは、お気の毒なことです……大変な思いをされましたね」

同情の顔になった吉右衛門だが、内海の怒りは爆発寸前だった。だが、与力である自覚があるのか、懸命に耐えていた。

「お邦に借りたわけではないが、とても他人事《ひとごと》とは思えなくてな」

吉右衛門は内海の気持ちを察しながらも、お邦の本当の姿を伝えておきたいと思った。威儀を正すように座り直すと、しっかりと見つめて言った。

「あのお邦という女の昔のことなどは、深く知っているわけではありません。深川悪所の女郎《じょろう》だったとか、『十神屋』の主人はたらしこまれたのだとか、色々な嘘話が飛び交ってましたが……ま、人の噂はともかく、主人の清左衛門《せいざえもん》さんが亡くなってからは、身を粉《こ》に働いておりましたよ」

「なんで、ご隠居がそんなことを知っているのだ」

「ずっと、この界隈をうろついてますからね。分かろうってもんです」

「そもそも、おまえの素性も分からないのだがな……」

「何なりとお調べ下さい」

堂々と吉右衛門は制するように言ってから、お邦の話を続けた。

「ご存じのとおり、清左衛門さんはもう十年も前に病《やまい》で亡くなりました。恨みを買って一服《いっぷく》盛られたという噂もありますが、町方が調べても何も怪しいところはなかった。まあ、それも噂に過ぎなかったでしょう」

「清左衛門は、ごうつくではなかったしな」

「ええ。ですが、夫を亡くして若後家になってから、お邦さんは変わった」

「どう変わったのだ」

「旦那のおっしゃるとおり守銭奴になりました。でも、それには理由があります」

吉右衛門は亡くなったばかりの無惨なお邦の姿を思い出して、涙が滲み出た。

「女ひとりになって、世間から冷たい風を浴びるようになったからです。そして、主人が亡くなったと同時に、踏み倒す者が沢山《たくさん》出てきた。だから、踏ん張らねばと思ったのです」

「両替商とは名ばかり、結局は高利貸しに過ぎないからだ。お上は前々から、御定法どおりの利子にしろと伝えておったがな」

「たしかに、法外な利子を取る相手もおりました」

「ほれ、みろ」

「ですが、返済の期日や額を守らない方が悪いのではありませぬか？　やくざ者がやるように、〝十一《といち》〟のような酷《ひど》い利子は取っていないはずです」

「そりゃそうだろう。下手《へた》すりゃ、お縄になるぜ」

「だったら、まずは両替商の鑑札も持っていない、そういう輩《やから》からどうにかして下さいませんかね、旦那」

皮肉っぽい目を向けて、吉右衛門は責めるように言った。返す言葉がない内海は、いいから続きを話せとばかりに手を振った。

「お邦は儲けた金のほとんどを、近在の貧しい人たちに恵んでいたのです。名を名乗らないで、こっそりと……」

「まことか？　到底、信じられぬ」

内海は鼻白《はなじろ》んだ顔になって、首を横に振った。

「その恵む先は、私が指南しておりました。もちろんすべてではありませんがね、和馬様も承知していることです」

「………」

「両替商は所詮《しょせん》は、金を交換したり、貸したりした手数料や利鞘で稼いでいる。これは米や物を作り出す百姓や職人、さらには物を運んだり売ったりする町人の働きに比べて、卑しい商いだ……そう思っていたそうです」

吉右衛門はまっすぐ内海を見続けて、

「そのような人々を守るのが、お武家様でしょう。だからこそ、自分が鍬《くわ》や鋤《すき》を持たなくても、扶持米《ふちまい》を頂戴できる」

「なんと。そこまで言うか、ご隠居」

「あ、いえ……内海様が働いていないと申したわけではありません……」

「言うてるも同じだ」

憤懣やるかたない顔つきになった内海だが、まだ我慢していた。相手は仮にも旗本の奉公人である。高山和馬はともかく、その父上は曲がったことが大嫌いで、武士としての筋を通したことは、旗本御家人らは承知している。

息子の和馬は、風来坊《ふうらいぼう》のように見えるが、実は骨があって、目立たぬように慈善をしていることも、近在の町人らは承知している。徳のある人間を町人は信頼する。ゆえに、高山家と揉めたら、色んなことが自分に突き刺さってくると用心しているのだ。

「ですから、内海様……此度《こたび》、お邦さんが殺されたのは、恨みによるものとは断定しがたいのではないでしょうか」

「うむ……」

「藪坂先生が言っていたように、それぞれ一刀のもとに三人も斬り捨てているのも、気になるところです」

吉右衛門の思いは、内海なりに受け止め、探索に生かすことにした。

だが、意外なことに、読売などでは、

――ごうつく金貸しの無惨な最期。

──強欲女に天誅《てんちゅう》が下る。

──無法女の哀れな末路に情け無用。

などの文字が躍っていた。

反論する者はいない。金を恵まれた人たちは、まさか『十神屋』の女主人が、こっそりとくれているとは思ってもいないからだ。義賊か、金持ちの道楽くらいにしか、思っていないようだった。

「たしかに、道楽かもな……俺も考え直さねばならぬなあ」

和馬もまた、お邦の死に衝撃を受けていたが、世間の対応にはいささか落ち込んでいた。陰徳《いんとく》を積むのは大切なことだが、何も事情を知らない人々は、恩人に対して感謝の念を抱かないどころか、悪し様に扱う。そのことに傷ついていたのだ。

「大丈夫ですよ。和馬様のことは、みな道楽だと思ってますから」

「道楽と切り捨てられるのもなあ……」

「いいじゃないですか。死に物狂いでやっていると思われたら、却《かえ》って疲れてしまうでしょ。しんどいと感じたら、自分のできる範囲でおやりになればよろしいのでは？」

「だな……」

「はい。和馬様の思うがままに」

吉右衛門は慰めを言ってから、またお邦の話に戻して、

「此度の事件ばかりは、私はどうしても弔《とむら》い合戦をしたいのです。でないと、あまりに、お邦さんが不憫《ふびん》です」

「おまえらしくないな。仇討《あだう》ちだの、人を恨むというのが一番嫌いなはずだが」

「もちろん、誰かを痛めつけたいとか、仕返しをしたいとかではありません。本当のことが知りたいのです。なぜ、お邦さんがあんな目に遭わなければならなかったのか。下手人が誰なのか……できれば、下手人には反省を促して、相応の刑罰を受けて貰いたい」

また涙ながらに語る吉右衛門を目の当《ま》たりにした和馬は、

「もしかして、〝ほの字〟だったのか？　それこそ、老いらくの恋ってやつだ。下手人探しも、年寄りの冷や水だと思うがなあ」

と、からかって笑った。

「なんということを……私は真剣なんですぞ」

ムキになる吉右衛門を指さして、和馬はさらに大笑いするのであった。

三

深川山本町《やまもとちょう》にある『十神屋』は、店構えこそ小さいが、正式な両替商の金看板と秤《はかり》の印の札が表に飾られていた。

表通りではなく、一筋入った所で、辺りには質屋《しちや》なども並んでおり、近くは木場《きば》の材木置き場などもあって、およそ繁華な町並みとは縁のない場所柄だ。しかし、深川には悪所と呼ばれる遊女屋、隠し賭場《とば》などがある。人目を気にする客には利用しやすいから、この界隈の金貸しは繁盛していたのである。

表戸は閉められており、〝忌中《きちゅう》〟の張り紙がされていた。その張り紙が破れるほどの勢いの、小石が飛んできた。通りがかりの者が、腹いせに投げつけたのだ。

「ざまあみやがれ、この因業野郎めが」

「地獄に行きやがれ。この世で悪行三昧《あくぎょうざんまい》したんだから、釜茹《かまゆ》でにされろってんだ」

「思い知ったか、ごうつく女」

「おまえなんか、生きてたってしょうがねえ人間なんだよオ」

そこまで言うかと思えるほどの悪口である。死人に鞭打つ野次馬の暴言が飛び交っているが、潜《くぐ》り戸から入っていく弔問客《ちょうもんきゃく》もいる。その弔問客に向かってまで、あくどい奴の仲間だと罵《ののし》っていた。

座敷には、仮安置されたお邦の遺体の脇で、町名主《ちょうなぬし》の伝兵衛《でんべえ》が弔問を受けている。遺族は誰もいないのだ。

少し離れた所で、和馬が、番頭・伸助《しんすけ》の話を聞いていた。

番頭といっても、通いの手伝い程度のことで、ほとんどはお邦が店のことをしていた。主人が生きていた頃には、『十神屋』といえば、富岡八幡宮近くの表通りにあり、十数人の奉公人がいたが、お邦が引き継いでからは、ひっそりと商いをしていたのである。

「十神屋……という屋号は、先代が付けたそうだが、十人の神様が宿っているという昔話から取ったらしいな」

和馬が訊くと、伸助は頷いて、

「そうです。大勢の人を助けるために、目を配っているという意味もあったとか」

「なのにな……殺されるような心当たりはないか」

「お役人にも訊かれましたが、両替商という手前どもの商売柄、逆恨みを買う覚えがないとは言い切れませんが……」

「はっきりと恨んでいる奴はいなかったか？　金の貸し借りのことだけではなく、近所で揉めていたこととか」

「いえ、それがあまり……」

　思い当たる節はないと伸助が首を傾げたとき、潜り戸から恰幅の良い喪服姿の初老の男が入ってきた。老獪《ろうかい》な顔つきで、悠然とした態度は、他の弔問客も退《ひ》くほどだった。

「これは、『岩田屋《いわたや》』様……」

　恐縮したように伸助は腰を折ったまま、初老の男の前に座った。『岩田屋』というのは同じ両替商で、三郎衛門《さぶろうえもん》という名である。富岡八幡宮の参道にあるのは出店に過ぎず、本店は日本橋《にほんばし》に構えている。

　三郎衛門は周囲の者たちには、まったく目もくれずに、お邦の亡骸の前に座り、

「先日、寄合で会ったばかりなのに……ああ、こんな目に遭うとは、言葉もない……一体、誰がこんなことを」

　と深々と頭を下げてから、線香を供えた。

　粛々《しゅくしゅく》とした態度を和馬は見ていたが、焼香を終えるとすぐ声をかけた。

「尋ねたいことがあるのだが」

「――はい……？」

「お邦とは同業らしいが、命まで狙う奴に心当たりはないか」

「……お武家様は？」

「近所に住んでる旗本の高山和馬という者だ。もっとも二百石の小普請組だがな」

「ああ……小普請組の」

知ってか知らずか、さほど尊敬するに値しないとでもいう横柄な顔つきながら、三郎衛門は頭を下げた。

「まったく見当がつきません。早いとこ、お役人に探して捕まえて貰わないと、私共も枕を高くして寝られません」

「それほど阿漕《あこぎ》なことをしてるのかな」

「まさか。お邦さんも逆恨みだと思いますがね。私たち両替商は、ボロ儲けをしていると誤解され、何かと批難されてますからな。特に、お武家様には」

一言多いのが三郎衛門の癖のようだが、明らかに和馬への嫌味だった。

「俺は誰にも借金はしてないがな」

「おや、それは珍しいことで……翌年の切米手形《きりまいてがた》を担保に金を借り入れするのは、武家では当たり前のことですけれど」

「もしかして、此度の一件も、その辺りの話に関わりあると？」

「さあ、分かりません。ですが、聞いたところでは、侍に一刀のもとに殺されたとか……おお、怖い怖い。お武家様というのは、借りに来るときは仏の顔で、取り立てに行くと鬼の形相になりますからな」

「借りた方からいえば、逆であろう」

「おや。まるで、貸した方が悪い……とでも言いたげですな」

三郎衛門はさらに嫌味のある言い方をして、「返せないなら、借りなきゃいいんです」と呟くように言って立ち去った。

入れ替わりに、古味が入ってきた。擦れ違い様、お互い顔馴染みなのか、「おや」というように振り返った。三郎衛門は深々と頭を下げて、「お勤めご苦労様です」と声をかけてから、足早に立ち去った。

「なんだ、高山様もいらしてたのですかい」

和馬の顔を見るなり、古味はいつものように厄介そうに言ったが、すでに焼香を済ませているのか、

「丁度、良かった。お耳に入れときたいことがあるのですがね」

と側《そば》に近づいてきた。

「どういう風の吹き廻しだ、北町の旦那」

「旦那って呼ばないで下さいよ。そっちの方が格上なんですから」

「じゃ、古味さん。何か分かったのか」

「これは、お察しがよろしいようで……此度は、本所方の内海様が動いてますでしょ。探索は俺たち定町廻りに任せるべきなのに、気に入らないから、高山の殿様に与《くみ》しますよ」

「別に俺は内海さんとは敵対してないが」

「まあ、そう言わず……」

古味は声を低めて、囁くように言った。

「聞き込みをした限りでは、ろくな収穫はなくてね……でも、今、出ていった『岩田屋』三郎衛門……こいつはなかなかの曲者《くせもの》でね。両替商仲間として、『十神屋』のことを聞いても、はぐらかしてばかりなんだ」

「はぐらかす……？」

「『岩田屋』は、次の両替商組合の肝煎《きもい》りになるかもしれぬ人物との評判だ。今は、『西海屋《さいかいや》』久右衛門《きゅうえもん》という古株が、形ばかりの肝煎りなのだが、三郎衛門とは気が合わず、なかなか禅譲《ぜんじょう》できないでいるとか」

「ほう……」

「もっとも『岩田屋』も、お邦とはどっこいどっこいの、ごうつく両替商だから、問屋仲間内でも評判は悪い。だが、金座当主の後藤家とも親戚筋で、日本橋だけでなく江戸市中に八店も出している遣り手だ。金に物を言わせて、多くの店の主人を味方につけてるんだ」

「そのことと、お邦の一件に繋がりがあるとでも言うのか」

和馬は白い布を被《かぶ》せられているお邦を、ちらりと見やった。古味は小さく頷き、

「俺は、そう睨んでる……なぜなら、お邦は先代、つまり亭主が店をしてた頃から、『西海屋』とは昵懇《じっこん》だし、何かと『岩田屋』には楯《たて》を突いていたらしいからな」

「高利貸しへの逆恨みに見せかけて殺したが、実は両替商組合の内紛絡みだと？」

「はっきりした訳じゃないがね、そう考えると辻褄《つじつま》が合うことが、幾つもある。その線で探索してるのだが……」

「ならば尚更、逆袈裟斬りから辿ってみるしかないな」

斬り方の所作を古味に向かってやりながら、和馬は進言した。珍しい太刀筋で、めったにない流儀だから、探しやすいのではないかと言うと、古味は鼻で笑った。

「言われなくても、熊公が調べてますよ。殿様は、ご隠居と一緒に、お邦のもうひと

つの顔から調べてみて下さい」

「もうひとつの顔……?」

「だって、ごうつくじゃなくて、パッと金を恵んでたのでしょう。それが却って、恨みを買うことだってある……かも」

古味は苦笑すると、観音様の顔を拝むと言って、お邦の側に行くのだった。

四

その瀟洒《しょうしゃ》な屋敷は、小名木川沿いにあって、この辺りでは珍しく、柿の木が庭中に植えられていた。もっとも実のなる時節は、まだまだ先のことである。

倹約を旨《むね》としているのか、庭木や庭石なども質素であったが、手入れだけは綺麗にされていた。野鳥も飛来して、小さな水溜まりのような池で、気持ち良さそうに遊んでいた。

——人柄が分かる家と庭。

であった。

ここは、川島勘兵衛《かわしまかんべえ》という老同心の組屋敷である。襷《たすき》がけの若い娘が、門前を掃除

していたところへ、

「美月《みつき》さん。いつも偉いねえ」

と声がかかった。

向き直った美月の顔が俄《にわか》に綻《ほころ》んだ。大きな徳利を抱えてきているのは、吉右衛門で、どこか照れ臭そうに微笑《ほほえ》み返した。

「高山様のご隠居さん」

「いや、私は奉公人に過ぎませんから……ちょいと良い酒が入ったので、お父上にと思いたちましてな」

「どうぞ、どうぞ。いつも気を使っていただいてすみませんね。父も無聊《ぶりょう》を託《かこ》っているところでしたので、わあ、楽しみ」

屈託のない笑みで、美月は屋敷の中に招いた。

「幾つになりましたかな」

「これでも、もう十八ですのよ」

「あ、そうではなくて、お父上の方です」

「まあ、私ったら……父は五十を過ぎました。近頃、年寄り臭くなってしまって」

「なに五十そこそこなら、私からみたら青二才ですわい」

屋敷内に入ると、縁側で背中を丸めて、小さな盆栽をいじっている勘兵衛の姿があった。たしかに年寄りのような背中である。

「父上、ご隠居さんでございますよ」

「おお、これは吉右衛門さん」

「またまたお邪魔しますよ」

縁側に腰掛けた吉右衛門は、大徳利を手渡した。勘兵衛は酒好きなのか、もう舌なめずりをしている。

「こりゃ、ありがたい。すぐに燗《かん》にしておくれ、美月。それから、穴子《あなご》の煮たのがあっただろう。あれと、烏賊《いか》の塩辛をな」

「はいはい。承知致しました」

ニコリと微笑んで厨房の方へ行く美月の姿を、吉右衛門は笑顔で見送って、

「そろそろ、嫁に行く年頃ですな」

「相手がいれば、ですがね。それに、嫁に行かれたら、私もこの屋敷を追い出されますから、いましばらくは……」

「あの器量だ。幾らでもいるでしょう。それより婿《むこ》を取らねばなりませぬな。勘兵衛さんの後を嗣《つ》ぐならば」

「いやあ、隠居して一年が過ぎました。家内に先立たれたから、娘のためにギリギリまで頑張りましたがね、元々、同心に向いてないし、同じような思いを婿にさせたくないから、ゆくゆくはどこぞの良い商家にでも嫁いで貰いたい」

勘兵衛自身が婿養子だったのだ。ゆえに肩身の狭さを感じているのであろうか。長い同心暮らしだったと、日頃から繰り返し言っていた。決して、宮仕えが嫌いではなかったが、定町廻りとか隠密廻りとか、とにかく探索をするのは性に合わないとのことだった。だから、勇退したときは、心の底から重荷が下りたと安堵したという。だが、元々、剣術が優れており、上様上覧の試合でも一番になったほどの腕前だから、定町廻りに抜擢されていたのだ。

もっとも、捕り物のときですら、一度も刀を抜いたことがなく、誰にも刃を浴びせたことはない。それが〝剣豪〟としての自慢であり、斬らぬのが主義であった。たとえ咎人《とがにん》であっても、決して人を傷つけたくないのだ。

酒を酌み交わしながら、噂話という感じで、吉右衛門は、『十神屋』のお邦が殺害された件について話した。

「人殺しの話は、もう沢山ですな……」

勘兵衛はなるべく避けたいという様子だったが、酒や肴《さかな》を運んでくる美月の方は、噂にも聞いていたからか、率先して話題にしようとした。悪気はないが、勘兵衛は娘が、その手の話をするのが嫌いだった。

「これは相すみません。酒に相応《ふさわ》しい話ではありませんなんだな」

吉右衛門は話題を変えようとしたが、美月は嫁に行けという話になるのが嫌で、お邦の話に引き戻した。

「私、知ってます……うちは一文たりとも借金はしたことがありませんが、あの『十神屋』のお邦さん、噂とは違って、本当はとても良い人なんですよ」

美月はそう言った。吉右衛門もよく知っていると頷くと、

「父上、私、何度か見かけました。こっそりと、本当に誰にも気付かれないように、お金を包んで、病気してたり足腰の悪い老人や子沢山《だくさん》の家、働きたくても何かの事情で無理な人たちのところに、そっと置いていくんです」

「そんなことを、な……」

感心したように頷きはしたものの、勘兵衛はさほど興味がなさそうだった。

「ねえ、聞いて、父上……『十神屋』の女将《おかみ》さんはね、その包み紙に〝神様のお裾分《すそわ》け〟と書き記しているんです」

「神様のお裾分け……」

「『十神屋』の屋号の由来が、そういう意味だって話してました」

「誰が」

「えっ。誰がって、ご本人が……私、どうしても気になって、たまたま見かけたとき、一度、尾《つ》けたことがあるんです……取り立てのときは、それは凄い剣幕で、まるで女侠客《きょうかく》みたいだったけれど、そのお金をそのまんま、身動きできない老人のいる長屋に置いてきたんですよ」

「そうなのか」

「はい。その時、思わず声をかけて、色々と話、聞いちゃったんです」

美月は嬉しそうに話した。

「これって、高山様と同じですよね。見るに見かねて、目の前の人を助ける」

「――そうかもしれませんね……ですが、うちの殿様は、借りてまで施すから、こっちが干上がってしまいます」

そう言いながらも、吉右衛門は笑っていた。それこそ〝福の神〟だと美月は言って、世間が言うように、お邦のことを悪し様には話さなかった。むしろ誉め称えていた。

すると、勘兵衛の方から訊いてきた。

「ご隠居……『十神屋』のお邦さんとやらについて、何か調べたいことがあるのだね」

「元定町廻りの旦那ならば、もしかして何か気付いたこともあるかと」

「いや……」

「古味の旦那は少しばかり頼りにならないので、此度は珍しく、うちの和馬様も動いているのです。支配違いは承知してますが」

吉右衛門が訊きたかったのは、探索の細かいことではない。逆袈裟斬りという斬り方から、下手人を探したいという思いを伝えた。勘兵衛は黙って聞いていたが、短い溜息をついて、

「そうですな……逆袈裟斬りは、抜刀道や居合い抜きをやる者ならば、不意打ちとかには使うかもしれない」

「不意打ち……」

「咄嗟に避けたときの反撃でも、結果としてそうなるであろうが……待ち伏せて町人を斬るくらいならば、どうだろう……真剣勝負ならともかく、わざわざ自分の流派が分かるような斬り方をするかどうか……私が辻斬りをするなら、自分の流派は消しますな」

勘兵衛の言い分を聞いて、吉右衛門はなるほどと膝を打った。

「つまり、下手人はわざと居合いとか抜刀道を嗜《たしな》む者の仕業《しわざ》に見せかけた」

「断言はできませぬが、それもあり得るかと……香取神道流《かとりしんとうりゅう》や立身流《たつみりゅう》など古い流派でも居合術はやりますが、念流《ねんりゅう》なども、あくまでも護身のための剣術ですから、相手が先に抜いて斬りかかってきたことに応じるとなれば、後から抜く方は自ずと逆袈裟斬りになる」

「心当たりの道場や使い手はおりませぬか。その剣術を使いそうな」

「そうですな……」

腕組みで首を傾げた勘兵衛は、ふっと吐き出すような笑みを湛《たた》えて、

「ここにおります。私は、本来は香取神道流を学び、流れを汲む新陰流《しんかげりゅう》で免許を貰いましたが、馬庭《まにわ》念流も究《きわ》めた……私なら、一刀のもとで斬ったでしょうな」

「良くない冗談です」

吉右衛門が微笑み返すと、勘兵衛はなぜか愁いを帯びた目になって、真剣なまなざしになった。むろん、勘兵衛が下手人とは思えない。もしかしたら、心当たりがあるのではないかと、吉右衛門は勘繰った。

それを見透かしたように、勘兵衛は笑って、

「珍しい剣法だが、思い当たる者はおらぬ。私も昔はよく稽古をしたが、今では刀の

使い方も忘れてしまった……それよりも、こっちの方が楽しい」

と鞘を持って釣りをする真似をした。

吉右衛門も嫌いではないから、時に付き合うこともあったが、大抵は〝ぼうず〟に終わった。近頃は魚も賢くなって逃げ足が速いとお互い笑う始末で、夕餉《ゆうげ》のおかずの当てにしている美月をがっかりさせることの方が多かった。

この日も、下手な釣り談義と四方山《よもやま》話で日が暮れた。

五

その夜――大川端にある料亭の一室に、数人の商人が車座になって、深刻そうに話し合いをしていた。いずれも沈黙の中に沈んでおり、火鉢の炭は白くなり、それぞれの煙草盆《たばこぼん》にも灰が溜まっていた。

商人たちはいずれも豪商に相応しい雰囲気を漂わせている。『岩田屋』三郎衛門を中心に居並んでいるのは、『天満屋《てんまや》』『大黒屋《だいこくや》』『相模屋《さがみや》』ら、日本橋界隈で営む両替商仲間である。

三郎衛門が重々しい雰囲気を破るように、口を開いた。

「……私も焼香に参りましたがね、金貸しの最期とは哀れなものですな……女だてらに頑張っていたようですが、私たち両替商は貸した相手に恨まれる運命《さだめ》にあるようです」

両替商人たちはそれぞれ黙って聞いているだけであった。

「やはり、世間体《てい》というものも考えるご時世ではありませんかね。『西海屋』久右衛門さんが、いつまでも肝煎りに居座っているから、何も変えられないのです」

みな一様に頷いている。

「いつまでも『西海屋』さんを御輿《みこし》として担いでいる場合ではありません。いや、御輿にすらなっていない。これでは、江戸中の商人たちも納得できないだろうし、我々両替商組合としても示しがつきませぬ」

「たしかに、岩田屋さんがおっしゃるとおりですな」

天満屋が相槌《あいづち》を打つと、大黒屋がこの場にいる商人たちを見廻しながら、

「そのとおり。この中から、誰かを選ぶのが一番、宜しいかと」

と言うと、お互いが牽制し合うように目を移した。

誰がなっても不思議ではないという思いと、自分がなりたいという思惑が交錯するような視線だった。すると、相模屋が思い切ったようにギラリと三郎衛門を睨みつけ、

「岩田屋さん……いい加減、本音を言ったらどうですか」

と水を向けた。

「え？　どういう意味です」

「今の御輿を引きずり下ろして、次に肝煎りになるのは自分しかいないと……そう思っているのでしょう」

「そんな畏れ多いことは思っておりませんよ。私なんぞより、相応しい人は幾らでもいます。この場にもね」

「だったら、私がなっても宜しいですよ」

相模屋はじっと三郎衛門を見据え続けたまま言った。

「もっとも、私はあなたのように、賄賂《まいない》を同業者にばらまく金はないし、その度胸もありません」

「…………」

「私たちは両替商ですからね、金にモノを言わせて人を動かすのはお手の物だし、結構だとは思いますが……」

そこまで言って相模屋は深い溜息をつき、改めて一同を見廻しから、

「やりすぎだと思いますよ」

「いえ、私は別に……」

三郎衛門が恐縮したように否定すると、さらに相模屋は強い口調になって、

「この際、はっきり言わせて貰いますが、私はあなたが肝煎りになるのは反対です」

「………」

「なにしろ、裏では浅草《あさくさ》の〝鮫五郎《さめごろう》一家〟と結びついていて、阿漕な取り立てをしているあなたが肝煎りなんぞになったら、ただでさえ評判の良くない両替商の信用がガタ落ちになりますからね」

「誤解ですよ、相模屋さん……」

バツが悪そうな顔で三郎衛門は応えたが、その事実は他の者たちも承知しているようで、眉間に皺を寄せていた。

「お邦さんだって、もしかしたら鮫五郎の身内の者がやったのではないか……という噂もあります。なにしろ、お邦さんは西海屋さんに可愛がられていて、あなたのやり口には一番、反対してましたからねえ」

「──何をバカな……お邦ほど悪辣《あくらつ》な金貸しはいませんでしょう」

「私たちから見れば、女手ひとつで一生懸命頑張っていたように見えましたがね。ごうつくには違いないが、少なくとも、あんな殺され方をするような人ではない。なぜ、

殺されたんでしょうねえ」

相模屋はまるで、三郎衛門が殺したとでも言うような目つきになった。

「私が悪いのですか？　聞き捨てなりませんな」

「そうは言ってませんが……」

「お邦さんはたしかに、両替商問屋のひとりですが、私が肝煎りになるかどうかには、何の影響もない女ですよ」

三郎衛門の表情も険しくなった。

「それに、私はね、相模屋さん……いや、他の皆さんも聞いておいて下さいよ。その気になれば、あなた方の店をぜんぶ潰《つぶ》すことだって、できるんです」

「──鮫五郎一家を使って脅す気ですか」

「さあ、私はそんな連中は知りませんから、何処で何をしようと与《あずか》り知りません。それにね、公儀御用達《ごようたし》になれば、肝煎りの座なんぞ、どうでもいい。江戸に両替商は、ひとつだけあればいいのですからね」

「ええっ!?　もしかして、あんた……ご公儀にも後ろ盾がいるというのですか」

「せいぜい小者が勢揃いして、大騒ぎするのですな」

スッと立ち上がった三郎衛門は、ふんと鼻で笑って見下すように見て立ち去った。

残された相模屋たちはお互い顔を見合わせた。

——お邦と同じような目に遭うのではないか……。

という恐怖心に襲われたのだ。

三郎衛門が料亭の表に出てくると、遊び人風の男がふたり、そっと近づいてきた。

「旦那……厄介事ですかい」

声をかけたのは、鮫五郎一家の子分・勝蔵《かつぞう》である。もうひとりの猪之吉《いのきち》も、恐縮したように腰を屈めて、

「なに、隣の部屋で聞いてたら、嫌な雰囲気が流れてたものでね……邪魔者なら、あっしらにお任せ下さいやし」

「大したことではありません。あいつらは所詮、文句を垂れるだけで、自分じゃ何もできない輩です。取るに足らぬ人間です」

そう言いながら、三郎衛門は懐《ふところ》から財布を取り出すと、そのまま勝蔵に放り投げ、

「ご苦労さんでしたね。また用があれば、こちらから報せます。どこかで女でも呼んで、月見で一杯でも洒落《しゃれ》込んで下さいな」

と冷笑を浮かべると、待たせていた手代を連れて歩き始めた。

店に戻って潜り戸から中に入ると、土間の上がり框《かまち》の所に、和馬が座っていた。番頭と談話しながら酒を飲んでいる。

「お帰りなさいまし」

番頭に返事をするよりも先に、三郎衛門は和馬の顔を見て、あからさまに嫌な顔をした。そして商人らしからぬ野太い声で、剣呑《けんのん》な言い方で近づいた。

「かような刻限に、小普請組の旗本様が何の御用ですかな。金なら貸さないことはありませぬが、暖簾《のれん》を出している折に出直して下さいまし」

「そうじゃないんだ。浅草の鮫五郎とどんな関わりがあるのかと思ってな」

和馬はニッコリと微笑みながら訊いた。黙っている三郎衛門に、もう一度、尋ねると、番頭も表情を曇らせた。

「知らぬことはなかろう？　さっきも料亭の前で、鮫五郎の子分たちと会っていたではないか。気前よく、財布まで渡してた……たしかに月見で一杯やりたくなる今宵だ」

明らかに急いで先廻りして待っていたということだ。その和馬を、三郎衛門は訝《いぶか》しげに睨みつけた。

「どうかしたか？」

「あ、いえ……あまりに唐突でしたので」

「鮫五郎にはな、小普請組からも何かと頼み事をしている。公儀普請や作事には人手がいるからな。奴に頼むこともあるのだ」

「――そうでしたか……」

「下手な口入れ屋よりも周旋が上手《うま》いからな。こっちとしても便利使いしてる。だから、代貸《だいがし》の勝蔵のこともよく知ってる。だが、身綺麗にしておかなくてはならぬ両替商が、あいつらとどんな関わりがあるのだ」

「高山様は、わざわざ料亭まで来ていたのですか」

「問いに答えてくれないか」

「…………」

「まあ、どうせ借金の取り立てに使ってるのだろうが、公儀御用達の看板を貰おうって立派な商人が付き合う相手ではないな」

和馬はじっと三郎衛門を見据えて、

「俺は無役だが、将軍の家臣の旗本として働いていないわけではない。二百人ばかりいる小普請組は、日頃は町中をぶらつきながら、不逞《ふてい》の輩の動向を探っているのだ」

「…………」

「鮫五郎たちを普請に使うのも、働かせることによって、不善を抑えるためだ。俺たち小身旗本も色々と辛いのだよ」

どこまで本当のことか分からぬという顔で、三郎衛門は聞いていたが、あくまでも鮫五郎一家との関わりは否定した。両替商組合の仲間に言われるまでもなく、表沙汰になれば信用に関わるからだ。

しかも、目の前まで公儀御用達の看板が届いているのに、これまでの苦労を水の泡にはしたくなかった。勘定奉行らにばらまいた金も無駄になってしまう。

「そうか、知らぬ存ぜぬか……ま、いい。俺は町奉行でも何でもないし、いずれ北町の遠山様から呼び出しがくるであろう」

これはハッタリである。和馬が様々な〝社会奉仕〟を通じて、遠山左衛門尉景元と昵懇《じっこん》であることは、三郎衛門も知っている。だから、波風は立てないに越したことはない。そう踏んだのであろう。

「――高山様は、何をしにいらしたのでしょうか」

「分からぬか」

「はい、とんと……」

「鈍いなあ……俺だって色々と大変なんだよ。困ってるんだ。バカだと思うだろう？

俸禄をすべて投げ出して何してるんだろうなって、時々思うのだ」

「お金が入り用ですか」

訝しげに問いかける三郎衛門に、和馬は満面の笑みで、

「そういうことだ。何事を為すにも、やはり先立つものがな。金がないのは頭がないのも同じだと、勘定方に勤めていた親父《おやじ》もよく言っていた。都合がつくか」

「いかほど……」

「言っておくが、俺が使うためではないぞ。深川診療所は近頃、患者が増えてるが、医者を雇う金がない。薬代も足りない。手伝いも少ない。産婆に加えて、骨接ぎを始めた娘もいるが、まだ人手が足りない。泊まり込みで治療が必要な者もいる。その介助も必要だ。自分で箸も持てなきゃ、便所にも行けない年寄りも増えた。その世話もせねばならぬ」

和馬は能書きを滔々《とうとう》と垂れてから、

「とりあえず、千両、都合つけてくれぬか」

「せ、千両……!?」

「この『岩田屋』にとっては端金《はしたがね》だろう。公儀御用達に相応しい新しい軒看板もやがて上がるだろうから、世間体を考えても良い話になると思うがな」

「…………」

「殺された『十神屋』のお邦だって、こっそりとばらまいていた金は、千両は下らないと思うがね……ここは一丁、三郎衛門は男でござると、ポンとどうだ」

三郎衛門は目を細めて睨み返していたが、低い声で、

「立派なお話ですが、幾ら私どもでも、今日明日で動かせる金ではありませぬ。奉公人も大勢おりますから、番頭などとも相談の上、後日、お話しに参ります」

「そうか。それは、ありがたい！　楽しみに待っているぞ、首を長くしてな」

和馬はそう言うと、「頼んだぞ」と念を押し、番頭にも団子と茶が美味《うま》かったと世辞を言って潜り戸から出ていった。

「──臭うな……」

三郎衛門がぼそっと言うと、番頭は自分の袖を嗅いでみて、

「先程、酒のあてに、くさやをあぶったので、それでしょうか……相すみません」

と謝った。

店の表では、和馬も月を見上げながら、袖の臭いを嗅いでいた。

六

美月が、折り入って話があると、吉右衛門を訪ねてきたのは、その翌日だった。いつもの朗らかな顔ではないので、吉右衛門は気になって、親身になって話を聞いた。

「もしかして、お父上のことかね？」

「——さすが、ご隠居さん……察しがよろしいですね」

辛そうな目で頷いて、美月は静かに話し始めた。

「ご隠居さんが訪ねてきてから、父の様子が少し変で、寝ているときもハッと何かに突き動かされたように起き上がったり、盆栽いじりや川釣りをしていても、心ここにあらずなんです」

「私もちょっと妙だな……と感じてました」

「もう、しばらく前のことですが……私は茶事の稽古のとき……茶道の師匠が大切にしていた曜変天目茶碗《ようへんてんもく》を、誤って割ってしまいました」

「曜変天目茶碗……そんな高価なものを持っていたのですか」

漆黒の茶器で、その内側は星のような斑紋《はんもん》が散らばっており、玉虫色の美しい輝きを発する茶碗だ。唐物の最高品で、日本にあるかどうかも分からない珍しいものだから、吉右衛門には俄に信じられなかった。

「その茶碗の弁償のために、父はどこかで百両の大金を都合付けてくれて、師匠に返してくれたのです」

「百両……本物の曜変天目なら、そんなものではない。数千両するかもしれませぬぞ」

「ええッ。そうなのですか」

「ということは、それは贋物《にせもの》で、勘兵衛さんは、相手にはめられたのではないかな」

「値打ちは分かりませんが、私もそう感じたもので、父に何度か問いかけたのですが、『もう済んだことだ。おまえが心配することではない』と言うだけで、事情を話してくれようとしません。ええ、百両の出所も教えてくれないのです」

「ふむ……」

「長年勤め上げた同心を辞めるときでも、いただいたお金はわずか数両です。百両なんて御家人には縁がありません……でも、何度訊いても、話してくれないどころか、しまいには大声で怒るのです、うるさいって……そんな父は初めてでした」

激しい口調を吐き出す勘兵衛は、吉右衛門にも想像できなかった。

「――その高価な茶碗を私が割ってから、父は少しばかり変わりました。いえ、平静を装っていますが、ずっと側にいる私には、何かが違うと分かるのです」

「…………」

「おかしなことは、他にもあります」

「なんだね？」

「何度か、やくざ者みたいなのが、訪ねてきたことがあります。名前はたしか、勝蔵とか言ってましたが、父とはさほど親しそうではありませんでした。それなのに、内緒の話をしていたようで、私、気になって……」

「勝蔵……おや、妙な輩が出てきましたな」

吉右衛門が首を傾げると、美月は縋《すが》るように訊いた。

「ご存じなのですか？」

「殿様の話の中にも、ちらちらと出てくる浅草の鮫五郎という俠客の代貸です。もっとも、定町廻り同心だった勘兵衛さんなら、顔見知りでも不思議ではない」

「はい……父もそう言ってました。同心をしていた頃、探索のために下っ引のように使っていたのだと……二足の草鞋《わらじ》を履いていたわけではありませんが、裏渡世のことについて、色々と聞いていたとかで」

「ふむ……その勝蔵と、天目茶碗が何か関わりがあるのかね」

「そこのところがどうなのか、ご隠居さんに、さりげなく探って貰いたくて……」

美月は何か嫌な予感がすると訴えた。父親が悪いことに加担しているという不安を拭えないでいるようだ。

「分かりました。私なりに接してみましょう。もしかしたら……」

お邦殺しのことに関わっているかもしれないと、吉右衛門の脳裏を掠《かす》めたが、そのことは美月には話さなかった。

大横川に釣り竿を差し出しながら、煙草《たばこ》を吹かしている勘兵衛の姿があった。遠目にも無聊を託《かこ》っているとしか見えない。かつて腕利きだった同心の面影はなく、ぼんやりとしていた。

その側に、勝蔵が近づいてきて、隣に座り込んだ。

「今日も〝ぼうず〟ですか、川島様……」

「二度と、その面《つら》を見せるなと言ったはずだがな」

「そう邪険にしないでおくんなさいな。持ちつ持たれつ。定町廻り同心とあっしらは、世の中を綺麗にする表裏一体の箒《ほうき》みたいなものじゃないですか」

「博徒と一緒にするな。それに、こっちはもう隠居の身だ」

「でも、体がなまってるわけじゃない。その腕前も錆び付いてるどころか、ますます意気軒昂《いきけんこう》じゃないですか」

勝蔵が気易げに肩を叩くと、勘兵衛はすぐにギラリと横目で睨んだ。あっと跳び退《すさ》るように離れて、勝蔵は謙《へりくだ》ったように言った。

「やべえ、やべえ……いつバッサリとやられるか分かったもんじゃねえからな」

「…………」

「今日、来たのは……今度こそ、やって貰いてえことがあるからです」

声をひそめて、勝蔵が言うと、間髪容《かんはつい》れずに勘兵衛は返した。

「御免だ。二度と来るなと言うたはずだ」

「でも、老後だって心配《しんぺえ》でしょ。こんなしけた釣りをして暮らすより、長年の苦労を癒すような毎日にしたいでしょう」

「蓄えは少ないが、充分だ」

「そうおっしゃらず。まだまだ人生は長い。娘さんの嫁入り姿だって見たいでしょ」

その勝蔵の言い草に、勘兵衛はカチンときた。

「娘に何をする気だ」

「なんにもしやせんよ……無事、嫁に行って、孫でも儲《もう》けて、好々爺《こうこうや》になって、安穏と暮らしたいでしょう。ねえ、川島の旦那……あっしは心底、旦那と娘さんの行く末を心配しているんですよ」

「……………」

「旦那が潔癖性だってことは百も承知ですがね、何かが食い違って、旦那が川に溺れたり、娘さんが女郎にならねえとも限らねえ」

勝蔵がそう言った瞬間、勘兵衛は隠居同心とは思えぬ素早さで立ち上がり、腰の刀に手をかけていた。勝蔵が逃げる隙もなく、勘兵衛の刀は目にも止まらぬ早さで抜き払われ、何事もなかったかのように鞘に戻っていた。だが……カチリと鎺《はばき》が納まる音がしたと同時、勝蔵の髷《まげ》がふっとび、ダラリと髪が垂れていた。

「あ……ああ……！　てめえ、やりやがったな、てめえ！」

「坊主にでもなれ、バカタレが」

「覚えてやがれ。娘がどうなっても知らねえからな。てめえも人殺しだ。こうなりゃ、洗いざらい、ぜんぶバラしてやらあ、覚えてろ、このやろう！」

やくざの地金を丸出しにして、勝蔵は乱れた髪を束ねながら駆けて逃げ去った。

「——無茶をなさる……」

そう言いながら近づいてきたのは、吉右衛門だった。

「これは、ご隠居……」

「あの手の輩とは縁を切っておいた方がよろしいですな」

「仕返しに来たら、返り討ちにしてやるわい」

「威勢がよいのは宜しいですが、タチの悪い連中ですから、何をしでかすか分かりません……決して付き合わない方がいいですよ」

「ええ、ええ。その手の話は、ご隠居よりも私の方が承知してます」

いつものような笑顔を、勘兵衛は浮かべた。だが、吉右衛門は真剣なまなざしを向けたまま、きちんと話した。

「美月さんから聞きました。百両の天目茶碗のことです」

「！……」

明らかに勘兵衛の表情が強張った。

「何か後ろ暗いことがあるのですね……勘兵衛さんだから言いますが、これは何かの罠だったような気がします」

吉右衛門は、美月から聞いたことを復唱した。

「美月さんは、時々、茶の稽古をしに、永代橋《えいたいばし》の袂近くにある、お吟《ぎん》という師匠の所に行ってますよね」

「…………」

「その折、師匠に濃茶の稽古をつけて貰っているとき、曜変天目を見せてくれた上で、それで茶を点《た》てるように勧められた。そのとき、手を滑らせて釜の縁に落とし、割れてしまったらしいですな」

勘兵衛は黙って聞いている。

「とっさに受けようとしたけれど、その曜変天目……といわれる茶碗は粉々に砕けてしまった。師匠は、『百両の値打ちがするものを、どうしてくれるの！』と凄い剣幕になったそうですな」

そのときの様子を話してから、吉右衛門は勘兵衛の顔を覗き込んだ。

「曜変天目なんて天下の逸品を、町場の茶の師匠が持っているわけがない。よしんば高価な天目茶碗だとしても、百両は法外だ」

「…………」

「でも、勘兵衛さん……あなたは、お吟の所へ出向いて、きちんと話をつけて帰ってきたそうですね」

「さよう……娘の不手際は、親のせいでもあるゆえな」

言い訳じみた勘兵衛の様子を、吉右衛門はまじまじと見ながら、

「――何があったのですか……」

「何って、別に……」

「ここからは、私の推測ですがね、その茶碗の弁償と引き換えに、あなたは何か、えらいことを引き受けたのではありませんか」

「ご隠居……あなたも暇だから、余計なことを考えるのです」

「ええ。暇だから考えました」

吉右衛門は自分なりに思いを伝えようとした。

「お吟のことを調べてみました……もしかしたら、勘兵衛さんは百も承知かもしれませんが、あえて言いますぞ。この女は、浅草の鮫の情女《いろ》です」

「……………」

「割れた茶碗も今は処分されてますから、本物の天目茶碗だったかどうかも分かりません。曜変天目は明らかに嘘だとしても、百両もする茶碗なんぞ、めったにあるものではない。なのに、どうして、勘兵衛さんともあろう人が、そんな下らぬ脅しに屈したのです」

勘兵衛は煙草を吸うのをやめて、煙管を煙草入れに戻すと、釣り竿も引き上げ、帰

り支度を始めた。が、吉右衛門は構わず続けた。

「明らかに罠でしょう……お吟が美月さんに持たせた天目茶碗には、予《あらかじ》めすぐに割れるように細工でもしていたのかもしれません。百両の借金を背負わせるために」

「……」

「鮫五郎が乗り出して、勘兵衛さんに弁償しろと迫る。そんな大金があるはずもないのを承知の上でね。そこで、鮫五郎は切り出したのでしょう……娘を女郎にするか、自分の陰謀に手を貸すか」

「——陰謀……？」

「はい。鮫五郎はあなたと取り引きをしたはずです……金を諦める代わりに、『十神屋』お邦を殺せ、と……さすれば、百両のことはチャラにする。娘にも危害を加えない」

吉右衛門は一方的に話してから、短い吐息を継《つ》いでから、

「でも、私には釈然としないことがあります。その程度のわざとらしい脅しに、あなたは屈するような人ではないからです。いや、むしろ、不正を働いた奴を見つけたら、ふだんの仏の顔が一変して、鬼の形相になると、奉行所では有名でしたでしょ」

と言った。同情めいてはいるが、本当のことを話せと導いているかのようだ。

「お邦を斬ったのは、あなただ……そうで、ございましょう……決して人を斬ることをしなかったあなたが、なぜ……」

静かな物腰だが、吉右衛門は確信を得たように言った。勘兵衛は不思議そうな目になって、改めて吉右衛門の顔をまじまじと見つめながら、苦笑を漏らした。

「──ご隠居……あなたは、いつ、どこで調べてきたのです。まるで、ずっと私のことを見張っていたかのようですな」

「ええ、勘兵衛さんのことなら、なんでも分かる気がします」

「そこまで見抜かれると、白状せざるを得ませんかな……お邦は表では荒々しい取り立てをしながらも、裏では陰徳を積んでいる……ご隠居はそう思ってますがね……私もあの女とは長い付き合いなんですよ」

「長い付き合い？」

「追いつ追われつの……腐れ縁というか……」

勘兵衛の顔を、真っ赤な夕陽が照らし始めた。その目には、怒りや悔しさが入り混ざった力が溢れていた。

七

路地裏の飲み屋の小上がりに移り、勘兵衛は杯《さかずき》を傾けながら、吉右衛門に話した。

「お邦って女は、噂どおり、元は岡場所の女でね。そこは咎人を匿《かくま》うような酷い見世で、お邦もその頃は随分とやさぐれてました」

「若い頃は、そういう苦界《くがい》に沈む者もいよう。だが、出会った人で変わるものです」

吉右衛門が言うと、勘兵衛は首を左右に振りながら、

「じゃ、なにか、ご隠居……いい人に出会えば救われて、出会わない奴は地獄にいろってことかな」

「そうは言いませんが……」

「出会った人によって、人生が変わるなんざ、不公平ではないか」

「しかし、それが現実だと思いますがな」

「世の中、ご隠居や高山様のように、人を助けたいと思ってる人ばかりじゃない。いや、むしろ、てめえのことで精一杯の者ばかりだ。でも、先代の『十神屋』は、屋号どおり、お邦にとっては救いの神だった」

「………」

「かなりの手練手管《てれんてくだ》を使ったんだろうよ。主人の清左衛門は、それこそ善人が着物を着ているような人でね、岡場所を巡っているのも、別に女を買うためじゃない。どうしても助けてやりたい女を探してたんだ」

「そんな奇特な人がいたのか……」

「本人に聞いた話じゃ、自分も貧しい寒村の出でね、幼い頃、姉が女衒《ぜげん》に連れていかれたのを目の当《ま》たりにして……それで、十歳の頃には奉公に出て、色々な仕事をして両替商の手代になり、何十年もかけて一端《いっぱし》の商人になったんだ」

まるで自分の人生のように勘兵衛が語るのを、吉右衛門はしんみりと聞いていた。

「何人もの女を苦界から救い出した。年季奉公分の大金を払ってやってな。だが、自分の女にするわけじゃない。故郷に帰してやったり、夫婦に相応しい相手を世話してやったり……きっと幼い頃に別れた姉のことを思ってのことかもしれぬな。だが
……」

「だが……？」

吉右衛門も軽く手酌で飲みながら、勘兵衛の話に耳を傾けた。

「お邦は生まれも育ちも恵まれていなかったのか、どこか心に深い傷を負っていたの

か、身請けして貰ってからも、清左衛門に迷惑ばかりをかけてた」

「どのような……」

「春をひさぐ商売だったせいか、年の離れた清左衛門では物足りなくてな、若い旅役者に入れ込んだりして、随分と派手な暮らしをしていた。それもひとりやふたりじゃない。呆れるくらい淫猥《いんわい》な女だった」

勘兵衛は憎々しいほどに口元を歪め、

「俺は、あんな酷い女を見たことがなかったよ……あるとき、清左衛門さんが肺の病に罹《かか》って死んでしまった……その頃、俺もバリバリの定町廻りだったから、きちんと調べたよ」

「殺しの疑いでもあったのですか」

「ああ……繰り返し、毒を盛られていたかもしれない……って、検屍の医者も話したが、お邦が殺したという確たる証《あかし》はなかった。だが、そんな疑いがあるだけでも、世間は冷たくなるし、奉公人たちも次々と辞めていく……お邦は『そんな恐ろしいことなんて、するわけがない。なんで、そんな目で私を見るんだ』ってかなり荒れてた」

その当時、勘兵衛もまた、お邦が亭主殺しをしたと疑っていたから、執拗に調べた。ちょっとしたことで自身番に引っ張って、あれこれ問い詰めたこともある。

だが、気丈なお邦はめげるどころか、

「殺したってんなら、証拠を出せ、証拠を！　これからは私が『十神屋』の主人だ。亭主が残したものを、私がどう使おうと勝手だ。こんちくしょう！」

とばかりに悪態をついていた。

絶対に亭主を殺したと執拗に探索した勘兵衛だが、結局、証拠は摑めなかった。それでも、腕利き同心としては、追い詰められなかったことに忸怩《じくじ》たる思いがあった。

「――そんなあるとき、別の事件が起きた……心中事件だ。幼子を道連れにして、親子三人が無理心中を……お邦が厳しく取り立てた相手だったんだ」

「……………」

「幸い、三歳の娘だけは助かった……遠縁の者が引き取ったが、お邦にとっては、あまりに衝撃だった……自分のせいで人が死んだと思ったんだ。そのとき、俺の所に来て、お邦はわあわあ大泣きして、お縄にしろって叫びまくった」

「そんなことが……」

「だが、手をかけたわけじゃないから、こっちは縛るわけにはいかぬ。そのとき、お邦は恨みがましい目で言った。『やってもいない亭主殺しで責められたのに、私の取り立てのせいで死んだのはお構いなしかよッ』ってね」

そのときの、お邦の顔や態度は今でも、くっきりと覚えていると、勘兵衛は言った。壮絶な話だなと、吉右衛門も感じた。

「それで、旦那はどうしたんです」

「どうもしないよ。手に掛けたわけじゃないのだからな……それでも、お邦は罪の念にかられてたのだろう。残された娘のために、こっそりとまとまった金を置いてきた。もちろん、名乗りもせずにな」

「せめてもの罪滅ぼしだったのですかねえ」

「だろうよ。それから、お邦は阿漕な奴からは厳しく取り立て、本当に困っている者にはこっそりと金を置いてやる……そんなふうな女になったんだ」

勘兵衛はじっくりと話してから、深くて長い溜息をつき、

「——それでも、救われないんだ……」

と、ぽつりと呟いた。

「なら勘兵衛さん……あなたはどうして、お邦を斬ったのです」

「ご隠居。俺が人殺しをする奴だと、本当に思ってるのかい」

「…………」

「たしかに、百両には困った。だが、相手が相手だから、こっちも言うことを聞くわ

けがないじゃないか。ただ……理由は知らないが、お邦を消したがってたのは、たしかだ」

「誰が消したがってるのです。鮫五郎が誰かに金で頼まれただけで、お邦には恨みなんぞ、ないはずですがねえ」

「さよう。だから、俺は……お邦に会って、気をつけておけと、逆に忠告してやった。だけど、お邦はこう言いやがった……『殺されるとしたら、天命だよ。私の知らないところで、あの心中をした親子みたいに、死んでる人がいるかもしれないしねえ』とな」

「そんな……」

「金貸し稼業の運命《さだめ》って奴を、あいつなりに感じていたのかもな……女郎のまま生きていたのと、どっちが幸せだったんだろうなあ……そういうことだ」

最後に勘兵衛が、「そういうことだ」と吐き捨てるように言った言葉に、吉右衛門は鳩尾《みぞおち》の中をズンと突かれた気がした。

――親切を施しても、相手が幸せになるとは限らぬ。善意が仇となることもある。

とでも言われたようだった。

「だが、ご隠居……俺もひとつだけ、嘘をついてた。いや、隠してた」

「はい……」

「私も娘の美月は可愛い。あんな輩に、理不尽に殺されてはたまらん。だから……見て見ぬふりをした……」

「見て見ぬふり……」

「お邦が殺されるかもしれないと、俺は察して、密かに守ろうとしていた……だが、あの月もない夜……魔の手が伸びたのに……俺は近くにいたが、助けなかった」

「なんと……!?」

「お邦がしてきた阿漕なことと、罪滅ぼしで金を恵んでいること……秤《はかり》に掛けても、悪さの方が多い……恵んでる金も、とどのつまりは赤の他人が生んだ利子だ……可哀想だが、斬られても仕方がない女だと思った」

「酷い……そりゃ、あんまりだ、勘兵衛さん」

「ああ。私こそ人でなしだ。美月可愛さとはいえ……人の道を外《はず》してしまった」

勘兵衛は感情を嚙み殺しながらも、喉の奥から声を発した。

「大丈夫だ……畏れながらと申し出て、自首して、すべてを話す……実は、両替商の『相模屋』を亡き者にするよう、鮫五郎から頼まれていたのだ……でないと、娘がどうなっても知らぬ、とな」

「『相模屋』……もしかして、『岩田屋』が肝煎りになって、公儀御用達になることを邪魔しようとしている……ええ、和馬様から聞いております」

「そのことも含めて、きれいサッパリ片付けるよ」

覚悟を決めたように、勘兵衛はぐいっと酒を呷《あお》った。

八

北町奉行所の表門に、勘兵衛が立ったのは、その翌朝だった。久しぶりに奉行所に赴《おもむ》いた緊張には、同心をしていた頃には抱いたことのない高揚感があった。

門番に挨拶をして入ろうとしたとき、

「お待ち下さい、川島の旦那。髷を取られた勝蔵のことで、ちょいと」

と鮫五郎が、数人の手下を引き連れて駆け寄ってきた。勘兵衛は無視をして門内に急ごうとしたが、鮫五郎は鋭い目つきで、

「いいんですかい。一歩でも入ると、美月さんが……」

「美月……娘をどうした」

「ですから、一緒に来て下せえ。その後で、奉行所に来るかどうか、じっくりと考え

て下さればよろしいかと」

鮫五郎に言われるままに、連れてこられたのは、北町奉行所から程近い、日本橋の『岩田屋』だった。

奥座敷には、主人の三郎衛門が待っていた。これまでも顔を合わせたことはあるが、きちんと話したことはない。間に入っていた鮫五郎を通してのことだった。

「川島様、ようこそ、おいでなさいました。私もこの辺りでは古株なので、川島様が肩で風を切って歩いているお姿を拝見しておりました。いやあ、頼もしかったですよ」

三郎衛門が声をかけると、勘兵衛は立ったまま答えた。

「下らぬ世辞はよい。用件はなんだ」

「予定どおり、私はどうしても両替商組合の肝煎りにならなければならないのです。でないと、公儀御用達の看板も出せないので」

「そんなことは知ったことではない。町奉行所に出て、すべてを話すつもりだ」

「すべてを……」

「そうだ。曜変天目だと偽った茶碗を娘に割らせ、俺をお邦殺しに引き込もうとしたこと。そして、今度は、『相模屋』の主人を手にかけようとしていること」

勘兵衛は手練れの定町廻り同心の目つきに戻っていた。

「いずれも、おまえの不正を暴こうとしていたらしいな、お邦も『相模屋』も」

「困りましたなあ……」

三郎衛門は平然と笑みを浮かべた、

「せっかく、川島様に豊かな隠居暮らしをしていただこうと思っていたのに」

「両替商の肝煎りになろうと、公儀御用達になろうと、おまえの勝手だがな、人を殺してまで成り上がるってのは許し難い」

「許し難い……ふふふ。お邦を見殺しにしておいて、許し難い……ですか」

「己を許せぬのだ。さすれば、おまえも道連れにするまでだ」

「道連れになるのは、川島様の方でございますよ。ご覧なさいませ」

ニヤリと一方を顎《あご》で示すと――離れには、縄で縛られ、猿轡《さるぐつわ》を噛まされた美月が、坊主頭の勝蔵らに引っ張られている。

「み、美月……！」

思わず廊下に出て駆け寄ろうとするが、勝蔵が匕首《あいくち》を美月の喉元に突きつけた。

「髷の代償にしちゃ、大きくありやせんかねえ、旦那」

冷酷な笑みを、勝蔵は浮かべて、弄《もてあそ》ぶように切っ先を美月の頬に滑らせた。

「詰めが甘かったですな、旦那……大切な娘なら、しっかりと箱に入れておかないと」

絶句する勘兵衛に、三郎衛門がほくそ笑んで、

「こういう次第です、川島様。私たちの仲間になること、承知していただけなければ、お気の毒だが、孫の顔を見ることはできませんなあ……娘さんがいなくなるんですからねえ」

「ま、待ってくれ！　わ、分かった……言うとおりにする」

ガックリと肩を落とした勘兵衛は、必死に訴えた。

「その代わり、美月の命だけは」

「分かっておりますよ。言うとおりにして下されば、幸せな父娘《おやこ》の暮らしは、私が保証しますよ。その前に、邪魔者である『相模屋』を始末して下さい。こいつが頑固者でしてねえ」

鮫五郎が勘兵衛に近づき、腰の刀を奪い取ろうとした。

その瞬間、勘兵衛の体がひらりと跳躍した。同時に、小柄《こづか》を勝蔵に投げつけた。小柄は勝蔵の目に命中し、「うわっ」と仰《の》け反《ぞ》ったところへ駆け込んだ勘兵衛は、バッサリと逆袈裟に斬った。

血飛沫《しぶき》が襖や天井に飛びちったが、傷は浅い。戦う意識を削ぐ程度のものだ。さらに、ほんの一瞬の隙に返す刀で、美月を縛っている縄を切り落とした。

「さあ、向こうに逃げろ」

勘兵衛は美月を押しやって、ギラリと三郎衛門を振り返った。

「やろう、ふざけやがって！」

長脇差《ながどす》を抜き払った鮫五郎は、他の手下たちとともに躍りかかったが、到底、勘兵衛の相手ではなかった。一閃、二閃、勘兵衛の刀が舞うと、鮫五郎の子分たちはあっという間に手足を斬られた。

「いてえ！　いてえよう！」

男を売りにしている者たちが、情けない声を上げた。

「殺せえ、殺しておしまい！」

三郎衛門が叫ぶと、まさに修羅場と化した『岩田屋』の店内は、奉公人たちも悲鳴を上げて狼狽している。三郎衛門も奥の部屋に、悲鳴を上げながら這々《ほうほう》の体《てい》で逃げ出した。

それでも鮫五郎は喧嘩腰で突っかかってきたが、勘兵衛はバッサリと肩口に刀を落とした。鈍い音がして、鎖骨が折れた。致命傷は負わせていないが、

――初めて人を斬った。

という感覚に、勘兵衛は襲われていた。

鬼の形相で、こけつまろびつ逃げる三郎衛門を勘兵衛は追った。段差で転んだ三郎衛門の前に、勘兵衛は仁王立ちとなった。

「ひ、ひええ……や、やめろッ……やめてくれえ……」

必死に命乞いする三郎衛門に、勘兵衛は鋭い切っ先を向けた。

「おまえに殺されたお邦も、今、人質に取られた娘も、怖い思いをしたのだ。俺は今、生まれて初めて、人を殺したくなった」

「や、やめろ……」

両手をかざして合掌するように祈った三郎衛門を、憐れみを帯びた目で勘兵衛は見下ろしながらも、刀を振りかぶった。

その時――。

「本当に殺したら、洒落《しゃれ》にならないぞ」

と声があって立ちはだかったのは、和馬であった。

「高山様……！」

「後は、あなたの後輩に任せるのですな」

和馬が言ったとたん、「御用だ、御用だ」と張り上げる声と同時に、古味を先頭とした町方役人、捕方、熊公ら岡っ引がドッと乗り込んで来た。すでに、床でのたうち廻っている鮫五郎たちを一気に縄で縛り上げた。

血濡れた座敷を見廻しながら、勘兵衛は急に空しい顔になったが、庭先に逃れている美月に近づいた。猿轡を外してやり、

「美月……許してくれ……俺は危うく人殺しになるところであった……いや、お邦を助けるどころか、見捨ててしまった……」

「——いいえ、父上は立派なお人です」

首を横に振った勘兵衛は、和馬を振り返って、

「高山様……今度のことで、美月が辛い思いをしないよう……ご隠居様にも頼んでくれるかな……どうか……」

と言うと、和馬はしかと頷いてから、まだ平伏したままの三郎衛門に声をかけた。

「前に頼んだ千両……どうにか都合が付きそうかな、岩田屋さん」

「……助かった……ああ、助かった……」

朦朧《もうろう》とした目で、三郎衛門は和馬の前で拝むように震えていた。

大番屋での取り調べの後、三郎衛門が北町奉行所のお白洲に引っ張り出されたのは、その三日後のことだった。

その間、伝馬町牢屋敷に留め置かれたが、三郎衛門は無精髭《ぶしょうひげ》が生え、青ざめた顔になって、江戸で随一の両替商の風貌ではなかった。

お白洲に控えるのは、三郎衛門の他に、怪我をして晒《さら》しを巻いている鮫五郎と勝蔵ら子分、数人。勘兵衛と美月、そして、和馬と内海が立会人席の床机《しょうぎ》に座していた。他にも、『相模屋』ら両替商組合の幹部も呼ばれていた。

壇上に着座した遠山左衛門尉景元は、威儀を正して一同を見廻した。もちろん、和馬の進言によって開かれたお白洲だが、お邦殺しについての裁きである。

「――『岩田屋』三郎衛門……その方、両替商問屋の肝煎りとなって、公儀御用達になろうと目論《もくろ》み、その野望を叶えんがため、おまえの不正を知っていたお邦を殺害し、さらには『相模屋』を亡き者にするため、元北町同心の川島勘兵衛の娘を拐《かどわ》かして、殺害を強要せしめたとのこと、さよう相違ないな」

遠山が尋問すると、三郎衛門はとんでもないと首を振りながら、

「畏れながら、お奉行様。すべて身に覚えのないことでございます。何かの間違いでございます。突然、押し込み同然に、店に乗り込んで来た川島様に殺されそうになっ

たのです」

と訴えた。

冷静に聞いていた遠山は、予審である大番屋での吟味方与力藤堂《とうどう》の取調《とりしらべ》書きを、手元に引き寄せて見ながら、

「だが、おまえは、そこな鮫五郎に命じて、お邦を殺したことを認めておるが？」

「いいえ。たしかに、鮫五郎は借金の取り立てなどに手を貸して貰っております。それは認めます。乱暴なことも多少はしたかもしれませぬが、借り逃げする悪い奴が、世の中に多いのも事実です……殺しなど、私には何の話か分かりませぬ」

「なるほど。あくまでも知らぬというのだな。では、美月……その方に訊こう」

遠山が話を向けると、美月は怒りの顔で膝を進め、『岩田屋』であったことを一部始終話した。天目茶碗のこと、人質に取られたこと、そして、父に『相模屋』の主人を殺せと命じたことも伝え、

「言うことを聞かねば、私を殺すと脅しました」

「――知らん」

三郎衛門は思わず声を発したが、遠山は制して、美月に続けさせた。

「父は一瞬の隙に私を助けるために、鮫五郎たち、ならず者を斬ったのです。でも、

父は同心であったときも、達人といわれる腕前でありながら、めったに刀を抜く人ではなく、此度も怪我を負わせる程度でした……でないと、この人たちはこの場にいられないと思います」

込み上げる感情を必死に堪《こら》える美月を、傍《かたわ》らから勘兵衛もじっと見ていた。

「岩田屋。美月はこう証言しておるが」

「馬鹿馬鹿しい……親子で作り話をしているのでしょう。お奉行様、見てのとおり、鮫五郎たちは怪我をしています。勝蔵に至っては、その前に話しかけただけで、髷を切られております。お奉行様はご存じなかったかもしれませんが、川島様は同心をやっていた頃から、粗暴でどうしようもない人でした」

「だが、その場には、旗本の高山和馬殿もおったが……」

「ええ。高山様も川島様の仲間で、私を脅しに来たのです……先だっては、『千両出せ』と脅されました。店に現れたときも、『千両の都合はついたか』と念押しされました。そのことは、鮫五郎たちも聞いております……美月さんとやらも、聞いてたでしょ」

横目でチラリと見やると、美月は鋭く睨み返して、

「あなたが父と私を殺そうとしたんです」

と強く言った。それを受けて、

「お奉行様……こうなれば、すべて正直にお話し致します」

三郎衛門は両手をついた。

「私どもに、お邦を殺せと命じたのは、他ならぬ、川島様なのです」

「ほう。どういう理由でだ」

遠山が聞き返すと、三郎衛門は顔を上げて堂々と答えた。

「川島様とお邦は、若い頃から特別な関わりがあります。岡場所で女郎をしていたお邦に入れあげ、『十神屋』清左衛門に身請けさせた後、ふたりが結託して、清左衛門を殺しました……だが、今頃になって、仲違《なかたが》いをしたらしく、嫁入り前の娘にとっても、ごうつくなお邦は、忌々しく邪魔な女だったのです。いつ昔の話をされるか分かりませんからね」

「それで？」

「私は嫌だと断ったのですが、お邦を殺さねば、鮫五郎とのことなど色々、不都合なことを世間にバラすぞ。そうなると公儀御用達もチャラになるぞと……ですが、私に人殺しなんて、できるわけがありません」

「なるほど……で？」

「仕方がないから、川島様は自分の手で、お邦を殺しました……逆袈裟斬りで殺したのが証拠です……勝蔵も、その技で殺されかけました」

「うむ。その秘技を使う者が下手人であろうことは、本所方の内海も探索しておった」

遠山が立会人席を見やると、内海はしかと頷いた。

だが──その横にいる勘兵衛の様子がおかしい。冷や汗を額に噴き出しており、今にも前のめりに体が崩れそうである。

そのことに美月も気付いたのか、心配そうに見ていたが、三郎衛門はしたり顔で、とっさに思いついた言い訳を続けていた。

「私は川島様に、人殺しは良くないと懇々《こんこん》と説教し、奉行所に出向くよう進言したら、あのように乱暴をされて……」

「よく、そんな出鱈目《でたらめ》を……」

美月が思わず口を挟むと、三郎衛門は勝ち誇ったような顔で、

「出鱈目はそちらでしょう。父娘揃って、よくも嘘ばかりを……何か私に怨みでもあるのでしょうか。私たちはまっとうな商人、妙なことに巻き込まないで欲しいです」

「お奉行様……どうか、私の話を信じて下さいませ。ねえ、父上！」

懸命に救いを求めるように振り向いた美月に、勘兵衛は微《かす》かな笑みを返して、

「——お奉行……最後の御奉公でございます……娘は嘘はついておりませぬ……高山様も証言してくれるでしょう……お邦を殺したのは……そこにいる内海様です」

と言った。

名指しされた内海はギラリと振り向き、

「言うに事欠いて、なんと……」

「『岩田屋』や鮫五郎とズブズブの関わりがあることは、私も前々から勘づいていた。古味の探索の邪魔をしたのは、私のせいにするためであろう。そもそも深川で事件を起こしたのは、自分が調べるため……」

「いい加減なことを！」

「見ておりました。覆面をして、わざわざ逆袈裟斬りに……ですが、私はお邦を助けることができなかった……娘に危害が及んではまずいと、手を出せなかったのです……それは私の過《あやま》ちです……やってはいけない過ちです……」

何か文句を言いそうな内海を制して、壇上の遠山はじっと聞いている。

「お邦は……いい女でした……どんな人間でも、変われるのだな……そんなことを考えさせてくれた女でした……そんな善人を……私は見殺しにした……お奉行……申し

訳ありません……ですが、娘の証言は正しい。信じて下さい……信じて……」

冷や汗がドッと溢れてきて、その場に崩れそうになったが、勘兵衛はじっと耐えていた。その悲痛な姿を見て、三郎衛門が苦笑しながら言った。

「申し上げます、お奉行様。ご覧のとおり、川島様は大嘘をついております。だから、あんなに冷や汗をかいてます」

異変を察した和馬が、勘兵衛に近づいて、その体を抱え込んだ。

すると、着物の下から、たらたらと血がしたたり落ちてきた。あっと見た和馬は、驚きながらも、その覚悟をすぐに感じ取った。勘兵衛は、〝陰腹《かげばら》〟を切っていたのだ。自分の命を懸けての訴えだった。それは、お邦を見殺しにした自分への制裁でもあったのかもしれない。

「──川島……!」

遠山も思わず声をかけた。事情をすべて察したのだ。

悲鳴を上げた美月も、思わず勘兵衛に駆け寄って抱きしめた。だが、それを見た三郎衛門はさらに嬉々とした声を張り上げた。

「ほれ見なさい。自分が悪いから、腹を切ったんですねえ……しかも、お白洲で……無礼にも程がありますねえ、お奉行様！」

　飛び上がらんばかりの三郎衛門に、遠山は壇上から扇子《せんす》を投げつけた。見事に顔に命中し、うっと倒れ込む三郎衛門に、遠山は険しい声で言った。

「何と言い逃れようと、証拠と証言は揃っておる。『岩田屋』三郎衛門、市中引き廻しの上、獄門！　鮫五郎は打首！　外《ほか》の者は遠島を申しつける。さらに、内海、おまえにも切腹の沙汰があろう。自宅にて蟄居《ちっきょ》謹慎しておるがよい」

　反論をしようとする三郎衛門や内海たちに、蹲《つくば》い同心や捕方たちが改めて縄を掛けて引っ立てるのであった。

　その後――。

『岩田屋』は闕所《けっしょ》となり、財産をすべて没収された。その使い道は、公儀が判断することとなるが、お邦の思いが叶えられる道筋を、和馬は遠山に訴えた。

　被害を受けた者が誰も救われなかった、やりきれない事件だったが、悪の華が散ったことがせめてもの慰めであった。

「これも悲しい現実のひとつでございますかなあ、和馬様……」

「お邦はお邦なりの人助けをしていた。その一方で、自分の欲望だけのために、人を殺したり、大金を貯め込む奴もいる……どうしたら、良い世の中になるのかな」

「それを考えるのが、旗本の仕事ではありませぬか」

「うむ。そうだが、目の前のひとりを救うだけではなあ……仕組みを変えねばなあ」

「はい。悪い奴は世の中からいなくなりませんから、そういう輩が住みにくい良い世の中にしたらいいのです。たとえば……」

「たとえば？」

「誰かが手助けしなくても、年寄りが歩きやすい道を作れば、誰もが歩ける道となりますな。ま、そういうことです」

「なるほど……『岩田屋』から没収した金は数万両あるとか。これで、誰もが苦労なく歩ける道ができるな。ああ、そうしよう、そうしよう。さすれば、三郎衛門の浮かぶ瀬もあろうというもの」

「ですが、悪人の金をあてにするよりも、公儀が率先して貰わねば」

「だな」

「それと、和馬様……美月さんは、藪坂先生が預かってくれることになりました。当面は辛いでしょうが、千晶らも支えとなってくれます。父親の思いを受け継いで、自分よりも弱い人を助けるようになりたいって……」

吉右衛門が笑いながら言うと、和馬はああっと背中を伸ばしてから、

「そうか。それはよかった。そうだ、そうだよな、あはは」

と突然、町中に走り出た。走っているうちに、どんどん速くなって止まらなくなった。なぜだか分からぬが、気持ちよいくらいに風を受けていた。

お天道様が燦々《さんさん》と照っている江戸の町中を、和馬はひたすら走り続けていた。

時代小説
二見時代小説文庫

幻《まぼろし》の天女《てんにょ》　ご隠居《いんきょ》は福《ふく》の神《かみ》2

著者　井川香四郎《いかわこうしろう》

発行所　株式会社　二見書房
東京都千代田区神田三崎町二-一八-一一
電話　〇三-三五一五-二三一一［営業］
〇三-三五一五-二三一三［編集］
振替　〇〇一七〇-四-二六三九

印刷　株式会社　堀内印刷所
製本　株式会社　村上製本所

 ISBN978-4-576-20028-6
https://www.futami.co.jp/

倉阪鬼一郎

小料理のどか屋人情帖 シリーズ

以下続刊

剣を包丁に持ち替えた市井の料理人・時吉。
のどか屋の小料理が人々の心をほっこり温める。

①人生の一椀
②倖せの一膳
③結び豆腐
④手毬寿司
⑤雪《き》花《ら》菜《ず》飯《めし》
⑥面影汁
⑦命のたれ
⑧夢のれん
⑨味の船
⑩希望《のぞみ》粥《がゆ》
⑪心あかり
⑫江戸は負けず
⑬ほっこり宿
⑭江戸前祝い膳
⑮ここで生きる

⑯天保つむぎ糸
⑰ほまれの指
⑱走れ、千吉
⑲京なさけ
⑳きずな酒
㉑あっぱれ街道
㉒江戸ねこ日和
㉓兄さんの味
㉔風は西から
㉕千吉の初恋
㉖親子の十手
㉗十五の花板
㉘風の二代目